인
연

인연

因緣

피천득

수필집

민음사

엄마께

깊고 깊은 바닷속에 너의 아빠 누워 있네
그의 뼈는 산호 되고 눈은 진주 되었네

— 셰익스피어, 『태풍』 1막 2장 「에리얼의 노래」

　　산호와 진주는 나의 소원이었다. 그러나 산호와 진주는 바닷속 깊이깊이 거기에 있다. 파도는 언제나 거세고 바다 밑은 무섭다. 나는 수평선 멀리 나가지도 못하고, 잠수복을 입는다는 것은 감히 상상도 못할 일이다. 나는 고작 양복바지를 말아 올리고 거닐면서 젖은 모래 위에 있는 조가비와 조약돌 들을 줍는다. 주웠다가도 헤뜨려 버릴 것들이기에, 때로는 가엾은 생각이 나고 때로는 고운 빛을 발하는 것들이 있는 것 같기도 하다. 산호와 진주가 나의 소원이다. 그러나 그것은 될 수 없는 일이다. 그리 예쁘지 않은 아기에게 엄마가 예쁜 이름을 지어 주듯이, 나는 나의 이 조약돌과 조가비 들을 '산호와 진주'라고 부르련다.

　　나에게 글 쓰는 보람을 느끼게 하는 서영이에게 감사한다.

피천득

차례

서문

인생은 작은 인연들로 아름답다

나의 사랑하는 생활

인생은
작은 인연들로
아름답다

◯ 수필

　수필은 청자 연적이다. 수필은 난(蘭)이요, 학(鶴)이
요, 청초하고 몸맵시 날렵한 여인이다. 수필은 그 여인
이 걸어가는 숲속으로 난 평탄하고 고요한 길이다. 수필
은 가로수 늘어진 페이브먼트가 될 수도 있다. 그러나,
그 길은 깨끗하고 사람이 적게 다니는 주택가에 있다.

　수필은 청춘의 글은 아니요, 서른여섯 살 중년 고개를
넘어선 사람의 글이며, 정열이나 심오한 지성을 내포한
문학이 아니요, 그저 수필가가 쓴 단순한 글이다.

　수필은 흥미는 주지마는 읽는 사람을 흥분시키지는
아니한다. 수필은 마음의 산책이다. 그 속에는 인생의
향취와 여운이 숨어 있는 것이다.

　수필의 색깔은 황홀 찬란하거나 진하지 아니하며, 검
거나 희지 않고 퇴락하여 추하지 않고, 언제나 온아 우
미(溫雅優美)하다. 수필의 빛은 비둘기빛이거나 진주빛이
다. 수필이 비단이라면 번쩍거리지 않는 바탕에 약간의

무늬가 있는 것이다. 그 무늬는 읽는 사람의 얼굴에 미소를 띠게 한다.

수필은 한가하면서도 나태하지 아니하고, 속박을 벗어나고서 산만하지 않으며, 찬란하지 않고 우아하며 날카롭지 않으나 산뜻한 문학이다.

수필의 재료는 생활 경험, 자연 관찰, 또는 사회 현상에 대한 새로운 발견, 무엇이나 다 좋을 것이다. 그 제재(題材)가 무엇이든지 간에 쓰는 이의 독특한 개성과 그때의 무드에 따라 '누에의 입에서 나오는 액(液)이 고치를 만들 듯이' 수필은 씌어지는 것이다. 수필은 플롯이나 클라이맥스를 필요로 하지 않는다. 가고 싶은 대로 가는 것이 수필의 행로이다. 그러나 차를 마시는 거와 같은 이 문학은 그 방향(芳香)을 갖지 아니할 때에는 수돗물같이 무미(無味)한 것이 되어 버리는 것이다.

수필은 독백이다. 소설가나 극작가는 때로 여러 가지 성격을 가져 보아야 된다. 셰익스피어는 햄릿도 되고 폴로니어스 노릇도 한다. 그러나 수필가 램은 언제나 찰스 램이면 되는 것이다. 수필은 그 쓰는 사람을 가장 솔직히 나타내는 문학 형식이다. 그러므로 수필은 독자에게 친밀감을 주며, 친구에게서 받은 편지와도 같은 것이다.

덕수궁 박물관에 청자 연적이 하나 있었다. 내가 본 그 연적은 연꽃 모양을 한 것으로, 똑같이 생긴 꽃잎들이 정연히 달려 있었는데, 다만 그중에 꽃잎 하나만이 약간 옆으로 꼬부라졌었다. 이 균형 속에 있는 눈에 거슬리지 않은 파격(破格)이 수필인가 한다. 한 조각 연꽃 잎을 꼬부라지게 하기에는 마음의 여유를 필요로 한다.

이 마음의 여유가 없어 수필을 못 쓰는 것은 슬픈 일이다. 때로는 억지로 마음의 여유를 가지려 하다가도 그런 여유를 갖는 것이 죄스러운 것 같기도 하여 나의 마지막 10분의 1까지도 숫제 초조와 번잡에 다 주어 버리는 것이다.

新春 신춘

1월은 기온으로 보면 확실히 겨울의 한고비다. 셸리의 '겨울이 오면……'이라는 구절을 바꾸어 "겨울이 짙었으니 봄이 그리 멀겠는가?" 이런 말을 해 보았더니, 신문사에서는 벌써 '신춘에 부쳐서'라는 글제를 보내왔다.

1월이 되면 새봄은 온 것이다. 자정이 넘으면 날이 캄캄해도 새벽이 된 거와 같이, 날씨가 아무리 추워도 1월은 봄이다. 따뜻한 4월, 5월은 어떻게 하느냐고? 봄은 다섯 달이라도 좋다. 우리나라의 봄은 짧은 편이지만, 1월부터 5월까지를 봄이라고 불러도 좋다.

봄은 새롭다. 아침같이 새롭다. 새해에는 거울을 들여다볼 때나 사람을 바라다볼 때 늘 웃는 낯을 하겠다.

얼마 전에 잘못 걸려 온 전화를 받았다. 문득 들리는 꾀꼬리 같은 목소리였다. 그리고 "미안합니다." 하는 신선한 웃음소리는 나에게 갑자기 봄을 느끼게 하였다. 나는 이 이름 모를 여자에게 감사의 뜻을 갖는다. 어떤 남학생이 여학생한테서 받은 크리스마스 카드를 들여다보고 좋아하는 것을 보고, 내가 여자라면 경제가 허락하는 한 내가 아는 남학생에게 크리스마스 카드를 보내겠다고 생각하였다. 내가 만약 명랑한 목소리를 가진 여성으로 태어난다면, 라디오 아나운서가 되어 여러 청취자들에게 언제나 봄을 느끼게 하겠다. 인생은 작은 인연들로 아름답다.

많은 소설의 주인공들이 성격 파산자들이라 하여, 또는 신문 3면에는 무서운 사건들이 실린다 하여 나는 너무 상심하지 않는다. 우리들의 대부분이 건전하기 때문에 그런 것들이 소설감이 되고 기사 거리가 되는 것이다. 세상에는 나쁜 사람이 많다. 그러나 좋은 사람이 더 많다. 이른 아침 정동 거리에는 뺨이 붉은 어린아이들과 하얀 칼라를 한 여학생들로 가득 찬다. 그들은 사람이 귀중하다는 것을 배우러 간다.

봄이 되면 고목에도 찬란한 꽃이 핀다. '슬픈 일을 많이 보고, 큰 고생 하여도' 나는 젊었을 때보다 오히려 센티멘털하지 않다. 바이올린 소리보다 피아노 소리를 더 좋아하게 되었고, 병든 장미보다는 싱싱한 야생 백합을, 신비스러운 모나리자보다는 맨발로 징검다리를 건너가는 시골 처녀를 대견하게 여기게 되었다. "11월 어느 토요일 오후는 황혼이 되어 가고 있었다."라는 소설 배경을 좋아하던 나는, "그들은 이른 아침, 바이올렛빛 또는 분홍빛 새벽 속에서 만났다. 여기에서는 일찍이 그렇게 일찍이 일어나야 되었기 때문이었다."라는 시간적 배경을 좋아하게 되었다.

새해가 되면 사람들은 담배를 끊어 보겠다는 둥, 아내에게 좀 더 친절하게 하여 주겠다는 둥 별별 실행하기 어려운 결심을 곧잘 한다.

거울을 들여다볼 때나, 사람을 바라다볼 때나 늘 웃는 낯을 하겠다는 나의 결심은 아마 가능할 것이다.

조춘 早春

　내게 기다려지는 것이 있다면 계절이 바뀌는 것이요, 희망이 있다면 봄을 다시 보는 것이다. 내게 효과가 있는 다만 하나의 강장제는 다스한 햇볕이요, '토닉'이 되는 것은 흙냄새다. 이제는 얼었던 혈관이 풀리고 흐린 피가 진해지는 것 같다. 그리고 나의 '젊음'이 초록빛 '슈트 케이스'를 마차에 싣고 넓어 보이는 길로 다시 올 것만 같다.

　어제 나는 외투를 벗어 버리고 거리에 나갔다가 감기가 들었다. 그러나 오래간만에 걸음걸이에 탄력이 오는 것을 느꼈다. 충분한 보상이다. 어려서 부르던 노래를 웅얼거려 보기도 했다. 그리고 주위를 돌아보았다. 겨울이 되어 외투를 입는다는 것은 기쁜 일이다. 봄이 되어 외투를 벗는다는 것은 더 기쁜 일이다. 아무리 포근하고 보드라운 것이라 하더라도. 그리고 10년이나 입어 정이 든 내 외투 같은 것이라 하더라도.

내가 좋아하는 말이 '조춘'이라면 가장 싫어하는 말은 '춘궁(春窮)'이다. '빈한(貧寒)'이란 말은 냉랭한 겨울 날씨같이 오히려 좋은 데가 있다. 나는 영어로 '빈한'이 아니요, '한빈(寒貧)'이라는 말을 안다. 그러나 '춘궁'이라는 말은 없는 듯하다.

'봄이 오면 비둘기 목털에 윤이 나고' 봄이 오면 젊은이는 가난을 잊어버린다. 그러기에 스물여섯 된 무급 조교는 약혼을 한다. 종달새는 조금 먹고도 창공을 솟아오르리니, 모두들 햇빛 속에 고생을 잊어 보자. 말아 두었던 화폭을 펴 나가듯이 하루하루가 봄을 전개시키려는 이때.

종달새

"무슨 새지?"

어떤 초대석에서 한 손님이 물었다.

"종달새야."

주인의 대답이다.

옆에서 듣고 있던 나는,

"종달새라고? 하늘을 솟아오르는 것이 종달새지, 저것은 조롱(鳥籠)새야."

내 말이 떨어지자 좌중은 경탄하는 듯이 웃었다.

그날 밤 나는 책을 읽다가 아까 친구 집에서 한 말을 뉘우쳤다. 비록 갇혀 있는 새라 하여도 종달새는 공작이나 앵무새와는 다르다. 갇혀 있는 공작은 거친 산야보다 아늑한 우리 안이 낫다는 듯이 안일하게 살아간다. 화려한 날개를 펴고 교태를 부리기도 한다. 앵무새도 자유를 망각하고 감금 생활에 적응한다. 곧잘 사람의 말을 흉내도 낸다. 예전 어떤 집에서는 일어 상용(日語常用)하는 주인을 따라 "오하요.(안녕.)" 하고 인사를 하는 앵무새가 있었다.

그러나 종달새는 갇혀 있다 하더라도 그렇지 않다. 종달새는 푸른 숲, 파란 하늘, 여름 보리를 기억하고 있다. 그가 꿈을 꿀 때면, 그 배경은 새장이 아니라 언제나 넓은 들판이다.

아침 햇빛이 조롱에 비치면 그는 착각을 하고 문득 날려다가 날개를 파닥거리며 쓰러지기도 한다. 설사 그것이 새장 속에서 태어나 아름다운 들을 모르는 종다리라 하더라도, 그의 핏속에는 선조 대대의 자유를 희구하는 정신과 위로 위로 지향하는 강한 본능이 흐르고 있는 것이다.

가르멜 수도원의 수녀는 갇혀 있다 하더라도 그는 죄인이 아니라 바로 자유 없는 천사다. 해방 전 감옥에는 많은 애국자들이 갇혀 있었다. 그러나 철창도 콘크리트 벽도 어떠한 고문도 자유의 화신인 그들을 타락시키지 못했다.

시온 — 너의 감옥은 성스러운 곳
너의 슬픈 바닥은 제단(祭壇)
바로 그이의 발자국이 닿아
너의 찬 포석(鋪石)이 잔디인 양 자국이 날 때까지

보니바루가 밟았다

누구도 이 흔적을 지우지 말라

그것들은 폭군으로부터 신에게까지 호소하나니

이것은 내가 좋아하던 시구였다.

예전 북경에는 이른 새벽이면 고궁 담 밖에 조롱을 들고 서 있는 노인들이 있었다. 궁 안에서 우는 새소리를 들려주느라고 서 있는 것이다. 울지 않던 새도 같은 종류의 새소리를 들으면 제 울음을 운다는 것이다. 거기 조롱 속에 종달새가 있었다면, 그 울음은 단지 배워서 하는 노래가 아니라 작은 가슴에 뭉쳐 있던 분노와 갈망의 토로였을 것이다. 조롱 속의 새라도 종달새는 종달새다.

○　　　봄

"인생은 빈 술잔, 카펫 깔지 않은 층계, 사월은 천치와 같이 중얼거리고 꽃 뿌리며 온다."

이러한 시를 쓴 시인이 있다.

"사월은 가장 잔인한 달."

이렇게 읊은 시인도 있다. 이들은 사치스런 사람들이다. 나같이 범속한 사람은 봄을 기다린다.

봄이 오면 무겁고 둔한 옷을 벗어 버리는 것만 해도 몸과 마음이 가벼워진다. 주름살 잡힌 얼굴이 따스한 햇볕 속에 미소를 띠고 하늘을 바라다보면 곧 날아갈 수 있을 것만 같다. 봄이 올 때면 젊음이 다시 오는 것 같다.

나는 음악을 들을 때, 그림이나 조각을 들여다볼 때, 잃어버린 젊음을 안개 속에 잠깐 만나는 일이 있다. 문학을 업으로 하는 나의 기쁨의 하나는, 글을 통하여 먼발치라도 젊음을 바라볼 수 있다는 것이다. 그러나 무엇보다도 젊음을 다시 가져 보게 하는 것은 봄이다.

잃었던 젊음을 잠깐이라도 만나 본다는 것은 헤어졌던 애인을 만나는 것보다 기쁜 일이다. 헤어진 애인이 여자라면 뚱뚱해졌거나 말라 바스러졌거나 둘 중이요, 남자라면 낡은 털 재킷같이 축 늘어졌거나 그렇지 않으면 얼굴이 시뻘개지고 눈빛이 혼탁해졌을 것이다.

젊음은 언제나 한결같이 아름답다. 지나간 날의 애인에게서는 환멸을 느껴도 누구나 잃어버린 젊음에는 안타까운 미련을 갖는다.

나이를 먹으면 젊었을 때의 초조와 번뇌를 해탈하고 마음이 가라앉는다고 한다. 이 '마음의 안정'이라는 것은 무기력으로부터 오는 모든 사물에 대한 무관심을 말하는 것이다. 무디어진 지성과 둔해진 감수성에 대한 슬픈 위안의 말이다. 늙으면 플라톤도 '허수아비'가 되는 것이다. 아무리 높은 지혜도 젊음만은 못하다.

'인생은 40부터'라는 말은, 인생은 40까지라는 말이다. 다른 것은 몰라도 내가 읽은 소설의 주인공들은 93퍼센트가 40 미만의 인물들이다. 그러니 40부터는 여생인가 한다. 40년이라면 인생은 짧다. 그러나 생각을 다시 하면 그리 짧은 편도 아니다.

'나비 앞장세우고 봄이 봄이 와요' 하고 부르는 아이

들의 나비는, 작년에 왔던 나비는 아니다. 강남 갔던 제비가 다시 돌아온다지만, 그 제비는 몇 봄이나 다시 돌아올 수 있을까?

키츠가 들은 나이팅게일은 4000년 전 룻이 이국(異國) 강냉이밭 속에서 눈물 흘리며 듣던 새는 아니다. 그가 젊었기 때문에 불사조라는 화려한 말을 써 본 것이다. 나비나 나이팅게일의 생명보다는 인생은 몇 갑절이 길다.

민들레와 바이올렛이 피고, 진달래 개나리가 피고 복숭아꽃, 살구꽃, 그리고 라일락, 사향장미가 연달아 피는 봄. 이러한 봄을 40번이나 누린다는 것은 작은 축복은 아니다. 더구나 봄이 마흔 살이 넘은 사람에게도 온다는 것은 참으로 다행한 일이다.

녹슨 심장도 피가 용솟음치는 것을 느끼게 된다. 물건을 못 사는 사람에게도 찬란한 쇼윈도는 기쁨을 주나니, 나는 비록 청춘을 잃어버렸다 하여도 비잔틴 왕궁에 유폐되어 있는 금으로 만든 새를 부러워하지는 않는다. 아― 봄이 오고 있다. 순간마다 가까워 오는 봄.

편지 파리에 부친

지난 토요일 오후, 오래간만에 비원(祕苑)에 갔었습니다.

비를 그어 주던 느티나무 아래, 그 돌 위에 앉았었습니다.

카페 테라스에서 오래오래 차를 마시며 그랑 불바르의 지나가는 사람들을 바라보고 있기도 할 그대와 같이, 그러다가 나는 신록이 밝은 오월의 정원을 다시 걷기 시작하였습니다.

걸어가다가는 발을 멈추고, 섰다가는 다시 걸었습니다.

콩코드에서 에트와르를 향하여 샹젤리제를 걷기도 할 그대와 같이, 그대가 말한 그 아름다운 종소리들이 울려 옵니다. 개선문은 나폴레옹과 그의 군대를 위하여서가 아니라, 영원한 애인들을 위하여 그리고 그대와 같은 외로운 나그네를 위하여 서 있습니다.

지금 여기는 밤 11시. 그곳은 오후 3시쯤 될 것입니다.

이 순간에 그대는 화실 캔버스 앞에 앉아 계실 것입니다. 아니면 튀일리 공원을 산책하고 있을 것입니다. 그렇지 않으면 루브르 박물관에 계실 것입니다. 언젠가 내가 프린트로 보여 드린 세잔의 정물화 「파란 화병」 앞에서 계실지도 모르겠습니다.

파란 화병에 파란 참푸꽃, 그것들이 파란색 배경에 배치되어 있지마는, 마치 보색(補色)에 놓여 있는 것같이 또렷하게 도드라지지 않습니까. 그러기에 그는 세련된 '컬러리스트'입니다.

헤어지면 멀어진다는 그런 말은 거짓말입니다. 녹음이 짙어 가듯 그리운 그대여, 주고 가신 화병에는 장미 두 송이가 무서운 빛깔로 타고 있습니다. 그러나 그것은 될 수 없는 일입니다. 주님께서는 엄격한 거부로써 우리를 지켜 주십니다.

우리는 나이를 잃은 영원한 소년입니다.

한 주일이 그리 멀더니 1년이 다가옵니다. 가실 때 그렇게 우거졌던 녹음 위에 단풍이 지고 지난 겨울에는 눈도 많이 오더니, 이제 라일락이 자리를 물러서며 신록이 짙어 갑니다. 젊음 같은 신록이 나날이 원숙해집니다.

둘이서 걸으면 걸을 만하다시던 서울 거리를 혼자서 걷기도 합니다. 파리는 철이 늦다지요. 그래도 지금은 마로니에가 한창이겠습니다.

걸음걸음 파아란 보랏빛 그대의 치맛자락, 똑같은 구두를 신은 여인이나 같은 모자는 만날 수 없다는 파리, 거기서도 당신의 의상은 한 이채일 것입니다. 파리의 하늘은 변하기 쉽다지요. 여자의 마음 같다고. 그러나 구름이 비치는 것은 물의 표면이지 호수의 깊은 곳은 아닐 것입니다. 날이 흐리면 머리에 빗질 아니하실 것이 걱정되오나, 신록 같은 그 모습은 언제나 새롭습니다.

오월

　오월은 금방 찬물로 세수를 한 스물한 살 청신한 얼굴이다.

　하얀 손가락에 끼여 있는 비취 가락지다.

　오월은 앵두와 어린 딸기의 달이요, 오월은 모란의 달이다.

　그러나 오월은 무엇보다도 신록의 달이다. 전나무의 바늘잎도 연한 살결같이 보드랍다.

　스물한 살이 나였던 오월. 불현듯 밤차를 타고 피서지에 간 일이 있다. 해변가에 엎어져 있는 보트, 덧문이 닫혀 있는 별장들. 그러나 시월같이 쓸쓸하지 않았다. 가까이 보이는 섬들이 생생한 색이었다.

得了愛情痛苦　　얻었노라, 사랑의 고통을
失了愛情痛苦　　잃었노라, 사랑의 고통을

젊어서 죽은 중국 시인의 이 글귀를 모래 위에 써 놓고, 나는 죽지 않고 돌아왔다.

신록을 바라다보면 내가 살아 있다는 사실이 참으로 즐겁다.

내 나이를 세어 무엇하리. 나는 지금 오월 속에 있다.

연한 녹색은 나날이 번져 가고 있다. 어느덧 짙어지고 말 것이다. 머문 듯 가는 것이 세월인 것을. 유월이 되면 '원숙한 여인' 같이 녹음이 우거지리라. 그리고 태양은 정열을 퍼붓기 시작할 것이다.

밝고 맑고 순결한 오월은 지금 가고 있다.

가든파티

자동차가 물결같이 몰려들어 가는 영국 대사관 골목으로 덕수궁 담장을 끼고 걸어가려니까, "여보 어디 가오?" 하고 순경이 검문을 한다. 그는 내 대답에 나를 한번 다시 훑어보고는 통과시켜 주었다. 나는 그날을 위하여 오래간만에 양복바지를 다려 입었고 이발까지 하였었다. 그날 영국 대사관에서는 엘리자베스 여왕 생일 축하 가든파티가 있었다. 윈저 왕실 문장(紋章)이 금박으로 박혀 있는 초청장을 일주일 전에 받고 나는 퍽 기뻐하였다. 집사람을 데리고 갈까도 하여 보았다. 초청장에는 '미스터 피 앤드 미시즈 피'라고 씌어 있었다. 나는 모파상의 소설 「목걸이」의 남편을 연상하였다. 「목걸이」의 남편인 문교부 하급 공무원은, 은행에 맡겨 두었던 예금이 있었다. 나는 그런 예금은 없지만, 좀 무리를 하면 갑사옷 한 벌쯤 못해 줄 바도 아니었다. 그러나 사교성이 없는 여자가 사교적인 여자들 사이에 놓여지면, 공연히

쭈뼛쭈뼛해질 것을 동정하여 나만 가기로 하였다. 사실은 나도 그리 사교적은 아니다.

잘 가꾼 잔디가 영국풍 정원을 자랑하는 화창한 초여름 오후였다. 손님들을 영접하는 에번스 대사와 그 부인에게 축하 인사를 하였다. 그러고 나니 나는 사교에 대하여 약간은 자신이 생기는 것 같았다. 브라스 밴드가 있는 성대한 파티였다. 내외 귀빈들이 많이 왔었다. 특히 부인들의 성장은 화려하고 황홀하였다. '저 여자는 누구 부인일까?' 하고 바라다볼 만큼 눈을 끄는 이도 있었다. 그의 남편이 내 옆에 있었다 하더라도, 바라보는 나를 보고 나무라지는 않았을 것이다.

엘리자베스 여왕 사진이 뜰에 모셔져 있었다. 그 앞에는 왕관형으로 된 큰 버스데이 케이크와 영국 기사가 갖는 긴 칼이 놓여 있었다.

연미복을 입고 왼손에 실크해트를 든 에번스 대사가 칵테일을 들어 손님들과 같이 여왕께 축배를 드리고, 이어서 영국 국가가 연주되었다. 술잔을 손에 들고 서 있는 대사의 얼굴은 엄숙하였다.

영국 국가가 끝나자 곧이어서 대사 부인은 긴 칼을 들었는데, 케이크를 베는 것은 앞에 사람들이 가려서 보지 못하였으나, 나중에 그 케이크 한 조각을 먹는 영광을 가졌다.

손님들 중에는 아는 분들도 있었는데, 무엇이 겸연쩍은지 나는 한편 구석에 가서 섰었다. 처음에 대사와 인사할 때 가졌던 자신은 점점 없어지는 것이었다. 가슴을 펴고 배에다 힘을 주고 '나는 이 파티에 올 만한 사람이다.'라는 자부심을 가져 보려 하였다.

나는 영국과 같이 왕위에 계시되 친히 정치는 아니하는 임금은 국민이 모셔도 좋다고 생각한다. 영국에 왕이 계심으로써 여러 자치령들은 본국과 한 나라라는 생각을 갖게 된다. 위에 모실 분이 있어 국민들은 안정감을 갖게 되며, 또 영국의 유구한 전통이 계승된다는 행복감을 느끼리라고 믿는다. 지금과 같이 여왕인 경우에는 한결 더 화려한 감을 준다. 여왕은 우아와 자혜의 상징으로 아름다운 동화를 실현한 느낌을 준다. 영국 역사에 있어 문화가 가장 찬란하던 시대는 16세기 엘리자베스 여왕 때와 19세기 빅토리아 여왕 때이다. 우리 역사를 보더라도 신라의 선덕 여왕 때와 진덕 여왕 때에 그러하였다. 이는 오로지 여왕들의 총명과 자혜스러운 은덕의 결과라고 믿는다.

이렇게 나는 영국의 전통을 숭상하고 여왕을 예찬할뿐만 아니라 영국의 문학을 읽고 가르치느라 반생을 보낸 사람이다. 이런 생각을 하며 나는 다시 어느 정도 자신을 회복하였다. 어제 만난 친구 앞으로 가서 악수도 하여 보고, 지금은 나를 대수롭게 여기지 않는 시집 잘 간 예전 제자에게 웃는 낯도 해 보았다. 손님들 틈으로 돌아다니는 영국 아이의 노란 머리칼을 만져 보기도 하였다.

나에게도 엄마 대신 오고 싶어 하는 것을 데리고 오지 않은 딸이 있다.

그 아이는 엘리자베스 여왕을 사랑한다. 동화에서 읽은 여왕에 대한 동경도 있겠지만, 정말 이 세상에 젊고 아름다운 여왕이 계시다는 것은 그에게 큰 기쁨이 아닐 수 없다.

6년 전 부산에서 유치원을 다닐 때 장미 꽃송이 속에서 웃고 계신 여왕의 얼굴을 《타임》 겉장에서 보고, 그 얼굴에다 입을 맞추고는 그 잡지 겉장을 뜯어서 자기 책상 앞 벽에 붙여 놓았다.

환도할 때에도 이 사진을 가지고 왔다. 6년 후인 지금도 서영이 책상이 놓인 벽에는 그 사진이 붙어 있다.

그 애는 가끔 그 얼굴을 들여다보며 아름다운 꿈에 잠기곤 하는 모양이다. 이런 딸을 둔 것을 다시 인식하고 누구보다도 내가 이 파티의 주빈이라는 자신을 가져 보려고 하였다.

대사관 문을 나올 때, 수위는 나보고 티켓을 달라고 한다. 좀 어리둥절하여 쳐다보니 주차증을 달라는 것이다. 나는 웃으며 자동차들 틈으로 걸어 나왔다.

장미

잠이 깨면 바라다보려고 장미 일곱 송이를 샀다.

거리에 나오니 사람들이 내 꽃을 보고 간다. 여학생들도 내 꽃을 보고 간다.

전차를 기다리고 섰다가 Y를 만났다.

언제나 그는 나를 보면 웃더니, 오늘은 웃지를 않는다.

부인이 달포째 앓는데, 약 지으러 갈 돈도 떨어졌다고 한다.

나에게도 가진 돈이 없었다. 머뭇거리다가 부인께 갖다 드리라고 장미 두 송이를 주었다.

Y와 헤어져서 동대문행 전차를 탔다. 팔에 안긴 아기가 자나 하고 들여다보는 엄마와 같이 종이에 싸인 장미를 가만히 들여다보았다.

문득 C의 화병에 시든 꽃이 그냥 꽂혀 있던 것이 생각났다.

그때는 전차가 벌써 종로를 지났으나 그 화병을 그냥

내버려 두고 갈 수는 없을 것 같았다.

나는 전차에서 내려 사직동에 있는 C의 하숙을 찾아 갔다. C는 아직 들어오질 않았다. 나는 그의 꽃병에 물을 갈아 준 뒤에, 가지고 갔던 꽃 중에서 두 송이를 꽂아 놓았다. 그리고 딸을 두고 오는 어머니같이 뒤를 돌아보며 그 집을 나왔다.

숭삼동에서 전차를 내려서 남은 세 송이의 장미가 시들세라 빨리 걸어가노라니 누군지 뒤에서 나를 찾는다. K가 나를 보고 웃고 있었다. 애인을 만나러 가는 모양이었다. K가 내 꽃을 탐내는 듯이 보았다. 나는 남은 꽃송이를 다 주고 말았다. 그는 미안해하지도 않고 받아 가지고는 달아난다.

집에 와서 꽃 사가지고 오기를 기다리는 꽃병을 보니 미안하다. 그리고 그 꽃 일곱 송이는 다 내가 주고 싶어서 주었지만, 장미 한 송이라도 가져서는 안 되는 것 같아서 서운하다.

여성의 미

"나의 여인의 눈은 태양과 같지 않다. 산호는 그녀의 입술보다 더 붉다."

이것은 셰익스피어의 정직한 말이다. 하기야 뺨이 눈같이 희다고 그리 아름다운 것도 아니요, 장미 같다고 아름다운 것도 아니다. 애인의 입술이 산호같이 붉기만 하여도 그리 좋을 것이 없고, 그의 눈이 태양같이 눈부시게 비친다면 큰일이다.

여성들이 얼굴을 위하여 바치는 돈과 시간과 정성은 민망할 정도로 막대하다. 칠하고 바르고 문지르고 매일 화장을 한다. 하기야 돋보이겠다는 이 수단은 죄 없는 허위다. 그런데 사실은 그럴 필요가 없다. 젊은 얼굴이라면 순색 그대로가 좋다. 찬물로 세수를 한 젊은 얼굴보다 더 아름다운 것이 또 어디 있겠는가? 늙은 얼굴이라면 남편이 화장품 회사 사장이라도 어여뻐질 수는 없는 것이다.

인형같이 예쁘다는 말은 사람이 아니요, 만들어 놓은 물건이란 말이다. 여성은 물건이 아니요 사람이다. 단지 얼굴이나 몸의 부분적인 생김생김만이 미가 될 수는 없다. 미스 아메리카와 같이 '인치'나 '파운드'로 미가 규정되어서는 안 된다.

여성의 미는 생생한 생명력에서 온다. 맑고 시원한 눈, 낭랑한 음성, 처녀다운 또는 처녀 같은 가벼운 걸음걸이, 민활한 일솜씨, 생에 대한 희망과 환희, 건강한 여인이 발산하는, 특히 젊은 여인이 풍기는 싱싱한 맛, 애정을 가지고 있는 얼굴에 나타나는 윤기, 분석할 수 없는 생의 약동, 이런 것들이 여성의 미를 구성한다.

비너스의 조각보다는 이른 아침에 직장에 가는 영이가 더 아름답다. 종달새는 하늘로 솟아오를 때 가장 황홀하게 보인다. 그리고 나는 종달새를 화려한 공작보다도 좋아한다. 향상이 없는 행복을 생각할 수 없는 것같이, 이상에 불타지 않는 미인을 상상할 수 없다. 양귀비나 클레오파트라는 요염하고 매혹적인 여인들이었다. 그러나 그들에게서 평화와 행복을 약속하는 건전한 미는 찾을 수 없었던 것이다. 그들은 마침내 나라를 기울어뜨리고 자신들을 망하게 하였다. 참다운 여성의 미는 이른 봄 같은 맑고 맑은 생명력에서 오는 것이다.

시인 키츠는 "아름다운 것은 영원한 기쁨이라." 하였

다. 그러나 그 아름다움 자체가 스러져 없어지는 것을 어찌하리오. 아무리 아무리 아름다운 여성도 청춘의 정기를 잃으면 시들어 버리는 것이다. 솔직하게 말하여 나는 40이 넘은 여인의 아름다운 얼굴을 드물게 본다. '원숙하다.' 또는 '곱게 늙어 간다.'라는 말은 안타까운 체념이다. 슬픈 억지다. 여성의 미를 한결같이 유지하는 약방문은 없는가 보다. 다만 착하게 살아온 과거, 진실한 마음씨, 소박한 생활 그리고 아직도 가지고 있는 희망, 그런 것들이 미의 퇴화를 상당히 막아 낼 수 있을 것이다.

○　모시

  '인조(人造)'라는 말이 붙은 물건을 나는 싫어한다. 인조견(人造絹), 인조 진주 같은 것들이다.

  '인조위성'이라고 아니하고 '인공위성'이라고 하는 것도 나에게는 불쾌한 존재다. '인조'라는 말과 뜻이 같은 '합성(合成)'이라는 말이 붙은 물건도 나는 싫어한다. 예를 들면 합성주(合成酒) 같은 것이다. 그리고 '합성'이라는 말이 아니 붙어도 '빙초산'이나 '사카린' 같은 것을 나는 또한 싫어한다. '사카린'이 설탕보다 영양이 있고 꿀보다도 향기롭다 하더라도 나는 싫어할 것이다.

  그리고 '플라스틱' 접시에 담긴 음식을 먹어야 할 때면, 진열장에 내논 '비프스테이크'를 볼 때와 같이 속이 아니꼬워진다. 물론 칠한 입술, 물들인 머리칼, 성형외과에서 만든 쌍꺼풀, 이런 것들도 '인조'란 말은 아니 붙었지만, 내가 싫어하는 것들이다.

  그런데 요사이 거리에는 '인조'요 '합성'으로 된 '나일론'이 범람하고 있다. 헤아릴 수 없을 만큼 많은 색깔과 무늬, 흡사 도배지 같은 것도 있다.

독나방 날개 같은 적삼과 뱀 껍질 같은 치마도 눈에 띈다.

'나일론'은 공기가 통하지 않고 땀도 빨아들이지 아니한다니, 더운 몸이 옷 속에 감금을 당하고 있는 셈이다. 구멍이 숭숭 뚫어진 것도 있기는 하지만 망사 같아서 보기 싫다.

한여름 '나일론' 거리에 문득 하얀 모시 적삼과 파란 모시 치마가 눈에 띈다. 뭇 닭 속에 학을 보는 격이다. 모시는 청초하고 섬세하고 독특하고 깔깔하다. 아마 천사도 여름이면 모시를 입을 것이다.

모시옷은 풀이 죽거나 구김살이 있어서는 아니 된다.

싱싱하지 못한 백합은 시들어 가는 백일홍보다도 보기 싫은 것이다. 곱게 모시옷을 입은 여인은 말끔하고 단정하고 바지런하여야 한다. 청초한 모시옷, 거기에 따르는 비취 비녀와 가락지를 본다는 것은 또 얼마나 산뜻한 기쁨이던가! 엄마 손가락에 비취가 끼워지면 여름이 오고, 엄마 모시 치마가 바람에 치기 전에 여름은 갔다.

'아름다운 하얀 아마옷'이란 말이 영국 기도서에 있다. 양장을 하는 여자는 모시는 못 입어도 아마는 입을 수 있다. 아마옷을 입으면 소매가 있든 없든 시원할 것이다. 단추나 지퍼를 등에다는 달지 말라. 이는 의뢰심의 표현이다.

밭에서 일하는 시골 여인네는 모시와는 인연이 적으나 그에게는 다행히도 튼튼하고 껄껄하고 시원하고 마음 아니 쓰고 입을 수 있는 베옷이 있다. 베나 아마나 다 떳떳한 모시의 족속인 것이다. 그러나 내가 어떻게 생각하든 무어라 하든, '나일론', '비닐', '플라스틱' 이런 것들은 내가 싫어하는 인공위성과 같이 나날이 발전할 것이다.

김제 돗자리, 담양 발, 한산 세모시는 아름다운 여름을 잃어버리고 옥가락지, 비취 비녀 따라 민속 박물관으로 가고야 말 것인가.

수상 스키

    수상 스키는 설령(雪嶺)을 타는 스노 스키보다 나은 점이 있다.

    스노 스키는 산 밑으로 내려가면 서게 된다. 수상 스키는 보트가 끄는 로프에 딸려가기는 하지만 그런 제한은 받지 않는다. 앞에서 달리는 모터 보트는 전차(戰車)를 끌고 달리는 그리스의 준마와도 같다.

    내가 젊은 시절로 돌아갈 수 있다면, 장고를 메고 '놀량'을 한번 불러 보겠다. 왈츠를 밤새워 추어 보겠다. 그러나 어떤 호강보다도 우선 여름 바다에서 수상 스키를 타 보겠다.

    젊었을 땐 여름이면 산으로 갔었다. 그때 나의 다만 하나의 사치는 금강산에 가는 것이었다. 외금강이 생리에 벅차서 늘 내금강 품 안을 찾아갔다.

    그리고 편한 대로 장안사(長安寺) 근방에 숙소를 정하였다. 매일 전나무 그늘에서 책을 읽다가 지루하면 표훈

사(表訓寺)를 지나 만폭동(萬瀑洞)까지 올라갔다.

목이 마르면 엎드려 시내에 입을 대고 차디찬 물을 젖 빨듯이 빨아 마셨다. 구름들이 놀다가 가는 진주담(眞珠 潭) 맑은 물을 들여다보며 마냥 앉아 있기도 했다.

근년에는 여름이면 바다로 가고 싶다. 나 자신 파도를 타기에는 이미 늦었으나, 바다에는 파도를 타는 젊은이 가 있을 것 같다. 모터보트가 속력을 내기 시작하면 로 프 잡은 팔을 내뻗고 무릎을 약간 굽힌 채 가슴과 허리를 펴고 앞이 들린 스키로 파도를 달리는 스키어가 보고 싶 다. 물보라, 물보라가 보고 싶다. 수상 스키를 못 보더라 도 바다에 가고 싶다.

양복 바지를 걷어 올리고 젖은 조가비를 밟는 맛은, 정녕 갓 나온 푸성귀를 씹는 감각일 것이다.

◯　　꿈

　간절한 소원이 꿈에 이루어지기도 한다. 어려서 꿈에, 모터사이클에 속력을 놓고 마냥 달린다. 브레이크를 걸어도 스톱이 되지 않아 애를 쓰다가 잠이 깬다.

　나는 와이키키 비치에서 한 노인 교포를 만난 일이 있다. 그는 1904년에 하와이로 이민 온 후, 50년이 되어도 꿈의 배경은 언제나 자기 고향인 통영이라고 하였다. "꿈엔들 잊으리요, 그 잔잔한 고향 바다"라고 한 노산(鷺山, 시인 이은상의 호)의 노래가 생각난다. 미국에서 유행되던 「푸르고 푸른 고향의 잔디」라는 노래가 있다. 감옥에 갇힌 사형수가 꿈에 고향을 꿈꾸는 것이다. 눈을 떠 보면 회색빛 네 벽만이 그를 에워싸고 있다. 그러나 꿈 속에는 벽돌담도 철창도 다 스러져 없어지는 것이다.

　또 이런 사연의 노래가 있다. 아기가 자기 전에 기도 드리는 것을 엄마는 몰래 엿보았다. 빨간 리본을 보내 달라고 아가는 기도를 드리고 있었다. 엄마는 빨간 리본을 사러 거리로 나갔다. 그러나 밤이 깊어 상점은 모두 닫혀 있었다. 엄마는 돌아와 안타까운 마음으로 잠이 들었다. 아침에 아기 방문을 열어 보니 아기의 머리맡에는 한 다발의 빨간 리본이 놓여 있었다. 기적이라고 생각하여도 좋다. 그러나 이것은 엄마의 간절한 소원이 이루어진 꿈일 것이다.

서양 전설에 이런 이야기가 있다. 처녀가 성(聖) 아그네스제(祭) 전야에 단식을 하고 아무와도 말을 하지 아니하고 성 아그네스에 기도를 드리고 잠이 들면, 그날 밤 꿈에 미래의 남편을 볼 수 있다는 것이다.

어려서 나는 꿈에 엄마를 찾으러 길을 가고 있었다. 달밤에 산길을 가다가 작은 외딴집을 발견하였다. 그 집에는 젊은 여인이 혼자 살고 있었다. 달빛에 우아하게 보였다. 나는 허락을 얻어 하룻밤을 잤다. 그 이튿날 아침 주인 아주머니가 아무리 기다려도 일어나지 않았다. 불러 봐도 대답이 없다. 문을 열고 들여다보니, 거기에 엄마가 자고 있었다. 몸을 흔들어 보니 차디차다. 엄마는 죽은 것이다. 그 집 울타리에는 이름 모를 찬란한 꽃이 피어 있었다. 나는 언젠가 엄마한테서 들은 이야기를 생각하고 얼른 그 꽃을 꺾어 가지고 방으로 들어왔다. 하얀 꽃을 엄마 얼굴에 갖다 놓고 "뼈야 살아라!" 하고, 빨간 꽃을 가슴에 갖다 놓고 "피야 살아라!" 그랬더니 엄마는 자다가 깨듯이 눈을 떴다. 나는 엄마를 얼싸안았다. 엄마는 금시에 학이 되어 날아갔다.

○ 선물

　꽃은 좋은 선물이다. 장미, 백합, 히아신스, 카네이션, 나는 많은 꽃 중에서 카네이션을 골랐다. 그가 좋아하는 분홍 카네이션 다섯 송이와 아스파라거스 두 가지를 사 가지고 거리로 나왔다. 그는 향기가 너무 짙은 꽃을 좋아하지 않는다. 첫아기를 안은 젊은 엄마와 같이 웃는 낯으로, 가끔 하얀 케이프를 두른 양종이에 싸인 꽃을 들여다보며 걸어갔다. 누가 나보고 어디 가느냐고 물으면 나는 "우리 아기 백일날은 내일 모레예요."라고 대답하였을 것이다.

　그러면 그는 무슨 소린지도 모르고 그저 웃고 지나갈 것이다.

　선물은 뇌물이나 구제품같이 목적이 있어서 주는 것이 아니라, 그저 주고 싶어서 주는 것이다. 구태여 목적을 찾는다면 받는 사람을 기쁘게 하는 것이다. 선물은 포샤가 말하는 자애(慈愛)와 같이 주는 사람도 기쁘게 한다. 무엇을 줄까 미리부터 생각하는 기쁨, 상점에 가서 물건을 고르는 기쁨, 인편이나 우편으로 보내는 경우에는 받는 사람이 기뻐하는 것을 상상하여 보는 기쁨, 이런 가지가지의 기쁨을 생각할 때 그 물건이 아무리 좋은 물건이라도 아깝지 않은 것이다. 선물을 받는 순간의 기쁨도 크지마는 선물을 푸는 순간의 기쁨이 있다. 이 기쁨을 길게 연장시키기 위하여 나는 언젠가 작은 브로치 하나를 싸고 또 싸서 상자에 넣고, 그 상자를 더 큰 상자에 넣고 그 상자를 또 더 큰 상자에 넣어 누구에게 준 적이 있다.

남에게 주는 물건들이 다 좋은 선물이 되는 것은 아니다. 양담배를 피우는 사람에게 양담배를 한 보루 주는 것은 돈으로 이삼천 원 주는 것이나 다름이 없다. 그러나 늘 진로 소주를 먹는 사람에게 조니워커 한 병은 선물이 되는 것이다. 백청(白淸)한 항아리는 선물이 되어도 설탕 한 포대는 선물이 될 수 없다. 와이셔츠가 아니라 넥타이가 좋은 선물이 된다. 유럽에 갔다가 파리에서 사 온 넥타이라면 더욱 좋다. 촌 부인에게 광목 한 통이 비단보다 더 필요하기는 하겠지만, 양단 저고리 한 감이 정말 선물이 되는 것이다.

내가 가난한 탓인지 1년에 한두 번 와이셔츠를 갖다 주는 사람들이 있다. 양말을 받는 때도 있다.

선물은 아름다운 물건이라야 한다. 진주 목걸이, 다이아 반지, 댄스할 때 흔들릴 팔찌, 이런 사치품들도 좋은 선물이다.

그러나 선물은 뇌물이 아니므로 그 가치는 그 물건의 가격과 정비례되지 않는다. 값싼 물건, 값없는 물건까지도 좋은 선물이 될 수 있다.

나는 내금강에 갔다가 만폭동 단풍 한 잎을 선물로 노산(鷺山)에게 갖다준 일이 있다. 그는 단풍잎을 받고 아름다운 시조를 지어 발표하였었다. 내가 받은 선물 중에는 유치원 다닐 때 삐아트리스에게서 받은 붕어 과자 속에서 나온 납반지, 친구 한 분이 준 열쇠 하나, 한 학생이 갖다 준 이름 모를 산새의 깃, 무지개같이 영롱한 조가비 —이런 것들이 있다.

주인공의 이름은 잊었지만, 지중해 어떤 항구에 술 파는 여자가 하나 있었다. 선부들이 항해를 하고 들어올 때면 선물을 갖다 주었다. 염주 목걸이, 조가비를 꿰어 만든 팔찌, 산호 반지, 그 선부들은 다음번에 이 항구에 왔을 때, 그 여자가 자기가 갖다 준 선물을 몸에 지니고 있지 않으면 매우 섭섭해하였다. 그 여자는 앞으로는 꼭 가지고 있겠다고 달래 준다. 그러면 여자의 가슴에 머리를 박고 젊은 수부들은 울었다. 그리하여 마음 좋은 그 여자는 언제나 여러 개의 목걸이를 하고 여러 개의 팔찌를 하고 수많은 반지를 끼고 있는 것이었다.

벌써 15년 전이다. 나의 친구는 자기가 가졌던 회중시계를 나에게 주었다. 나는 시계를 사지 못하던 형편이라 그가 시계를 준 것을 대단히 고맙게 생각하였다. 그러나 그것이 그리 귀한 선물이라고 생각지 않았다.

그 친구는 그 후 얼마 아니 있다가 세상을 떠났고, 시계는 지금 내가 받은 선물들 중에서 가장 소중한 것이 되었다.

시계는 줄은 끊어졌으나 살아서 잘 가지고 있다. 우리 델라가 길 같은 머리라도 가졌다면 그것을 팔아서 이번 크리스마스 선물로 내 시곗줄을 사다 줄 텐데, 이 여자도 남과 같이 파마를 하여 버렸다.

플루트 플레이어

지휘봉을 든 오케스트라의 지휘자는 찬란한 존재다. 그러나 토스카니니 같은 지휘자 밑에서 플루트를 분다는 것은 또 얼마나 영광스러운 일인가. 다 지휘자가 될 수는 없는 것이다. 다 콘서트 마스터가 될 수도 없는 것이다. 오케스트라와 같이 하모니를 목적으로 하는 조직체에 있어서는 멤버가 된다는 것만도 참으로 행복한 일이다. 그리고 각자의 맡은 바 기능이 전체 효과에 종합적으로 기여된다는 것은 의의 깊은 일이다. 서로 없어서는 안 된다는 신뢰감이 거기에 있고, 칭찬이거나 혹평이거나 '내'가 아니요 '우리'가 받는다는 것은 마음 든든한 일이다. 자기의 악기가 연주하는 부분이 얼마 아니 된다 하더라도, 그리고 독주하는 부분이 없다 하더라도, 그리 서운할 것은 없다. 남의 파트가 연주되는 동안 기다리고 있는 것도 무음(無音)의 연주를 하고 있는 것이다.

베이스볼 팀의 외야수와 같이 무대 뒤에 서 있는 콘트

라베이스를 나는 좋아한다. 베토벤 교향곡 제5번 스케르초(scherzo)의 악장 속에 있는 트리오 섹션에는 둔한 콘트라베이스를 쩔쩔매게 하는 빠른 대목이 있다. 나는 이런 유머를 즐길 수 있는 베이스 플레이어를 부러워한다.

「전원 교향악」 제3악장에는 농부의 춤과 아마추어 오케스트라가 나오는 장면이 묘사되어 있다. 서투른 바순이 제때 나오지를 못하고 뒤늦게야 따라 나오는 대목이 몇 번 있다. 이 우스운 음절을 연주할 때의 바순 플레이어의 기쁨을 나는 안다. 팀파니스트가 되는 것도 좋다. 하이든 교향곡 94번의 서두가 연주되는 동안은 카운터 뒤에 있는 약방 주인같이 서 있다가 청중이 경악하도록 갑자기 북을 두들기는 순간이 오면 그 얼마나 신이 나겠는가?

자기를 향하여 힘차게 손을 흔드는 지휘자를 쳐다볼 때, 그는 자못 무상의 환희를 느낄 것이다. 어렸을 때 나는 공책에 줄 치는 작은 자로 교향악단을 지휘한 일이 있었다. 그러나 그 후 지휘자가 되겠다는 생각을 해 본 적은 없다. 토스카니니가 아니라도 어떤 존경받는 지휘자 밑에 무명의 플루트 플레이어가 되고 싶은 때는 가끔 있었다.

너무 많다

　내 책상 위에는 결혼 청첩장, 환갑 초대장, 그리고 불안해하면서도 아직 답장 못한 편지들이 있다. 나는 힘에 겹게 친교를 갖고 있는 것 같다.

　칵테일 파티에서 안면이 좀 있는 사람이 옆에 서 있는 여자를 나에게 소개한다.

　"미스⋯⋯." 하고 머뭇거리면, 그 여자는 눈으로 또 다른 사람에게 인사를 하면서 "김이에요." 하고 웃는다. 그리고 그 여자는 나하고 조금 이야기하다가 다른 사람을 알은체하러 가 버린다. 나는 뉴욕 미술관에서 수백이 넘는 그림을 하루에 본 일이 있다. 그런데 지금 회상할 수 있는 그림은 하나도 없다. 그중에 몇 폭만을 오래오래 감상하였더라면 그것들은 내 기억 속에 귀한 재산으로 남았을 것⋯⋯. 애석한 일이다.

　이 세상에는 책이 너무 많다. 학문을 하는 사람에게는 전문 분야의 책만 해도 바로 억압을 느낄 지경이요, 참고 문헌만 보아도 곧 숨이 막힐 것 같다. 수많은 명저, 거기다가 다달이 쏟아져 나오는 시시한 책들, 그리고 잡지와 신문이 홍수같이 밀려온다. 책들의 이름과 저자를 많이 아는 것만을 뽐내는 사람도 있다. 나는 문과 학생들에게 고전만 읽으라고 일러 준다. 그러나 그 고전이 너무 많다. 이대로 내려가면 고전에 파묻힐 것이다. 영문학사를 강의하다가 내가 읽지 못한 책들을 읽은 듯이 이야기할 때는 무슨 죄를 짓는 것 같다. 그리고 읽어야 될 책을 못 읽어, 늘 빚에 쪼들리는 사람과 같다. 사서삼경이나 읽고 『두시언해』나 들여다보며, 학자님 노릇을 할 수 있었던 시대가 그립다. 하느님께서는 아담과 이브를 만드셨다. 그러나 두 사람의 후손이 30억이 되리라고는 꿈에도 생각하지 못하셨을 것이다. 그래서 지금은 우리들 하나하나를 돌봐 주실 수 없게 되었다. 하나하나를 끔찍이 생각하고 거두어 주시기에는 우리의 수가 너무 많다.

보기에 따라서는

나의 친구 중에 이런 분이 있다. 그는 미국에서 여러 해 고학을 하였다. 그런데 일자리를 가지고 있는 때보다 실직을 했던 때가 더 행복스러웠다고 한다. 주인에게 복종하느니보다는 호콩을 먹으면서 길을 걷는 것이 즐거웠었다고 한다.

귀국 후 그는 강습소 선생이 되었다. 서툰 일본말로 정규 학교에서 교원 노릇을 하는 것보다. 강습소에서 우리말로 가르치는 것이 마음이 편했던 것이다.

그러다가 강습소에서도 일어 상용을 강요당하자, 그 노릇을 그만두고 자기 고향인 진남포 근방에 가서 농사를 지었다.

해방이 되자 이북에서 하는 꼬락서니들이 보기 싫어서, 그는 즉시 가족을 데리고 월남하였다.

친구의 호의로 방을 하나 얻고 이불도 마련하였다. 영어가 세가 나는 때라 그는 남들이 부러워하는 미 군정청

적산 관리처에, 거기에서도 상당히 중요한 자리에 취직하였다. 그러나 그는 수개월이 지난 후에도 여전히 셋방살이를 하는 것이었다.

사람들은 그가 꿍꿍이를 부리는 것이라고 하였다. 한 친구는 하도 답답하여,

"여보게, 자네는 거기 있으면서 왜 그 흔한 적산 가옥 하나 마련하지 못하나?"

하고 물었다.

"내가 돈이 어디 있나?"

"좀 먹지."

"치사하게."

그는 동료들이 하는 짓에 염증이 나서 적산 관리처를 그만두었다. 그리고 영어 선생을 오랫동안 하였다. 2년 전에 정년 퇴직을 당하고, 그는 지금 시간 강사를 하고 있다.

언제나 처세를 잘하여 거대한 재산을 소유하게 된 모씨는, 그가 자식들의 학비 하나 제대로 대지 못한다고 그의 무능을 비웃었다. '무능'한 그는 지금 남의 집 옆채에 세도 안 내고 들어 있다. 좋아하는 커피도 못 마시고 어떤 집에서 '커피'를 대접하면 진하게 한 잔 더 달라고 한다. 국유 재산 부정 불하에 관여한 분들이 그것을 보면 그를 치사하다고 할 것이다.

여성의 편지

여성들에게서 많은 편지를 받는다고 해서 영화배우가 나보다 좋을 것은 없다. 여성 독자로부터 팬레터를 받는 신문 소설 작가도 나의 선망의 대상은 아니다.

그런 편지들은 사카린을 탄 주스나 순 설탕 사이다 아니면, 고작 코카콜라나 몇 번 우려낸 커피 같은 것들이다. 좋은 차의 향취는 없다.

기다리던 여성과 이야기를 시작한 지 5분이 못 가서 싫증이 나는 수가 많다. 아름다운 여성과의 대화에 있어서도 그런 일이 많다. 자색과 애교가 이야기에 어느 정도의 흥미를 보충하는 수도 있다.

그러나 편지에 있어서는 이런 도움이 불가능하다. 그러므로 매력 있는 표정을 하는 여성의 편지도 기쁨을 주기 어려운 것이다. 내가 받고 싶은 여성의 편지는 아벨라르한테 한 엘로이즈의 편지, 예이츠에게 보낸 모드 곤의 편지, 보존된 것은 없으나 황진이의 편지 그런 것들이다.

여기 이런 편지가 있다.

이것은 오늘 내가 쓴 제4의 편지입니다. (다른 석 장은 찢어 버렸습니다. 이것은 부칠 작정입니다.) 이 편지도 쉬 받으시지는 못할지도 모릅니다. 전번 편지 답장이 오기 전에는 이 편지를 부치지 않을 테니까요. 배달부는 거북이예요. 아주 미운 거북이예요. 내가 가진 돈을 다 털어서 긴긴 전보를 치고 싶습니다. 정신 분석은 하지 마세요.

어젯밤은 창을 열어 놓고 잤습니다. 여기의 공기는 과실과 같습니다. 약보다 낫습니다. 오늘은 하루 종일 책을 읽었습니다. 숲과 들과 산과 자갈 깔린 저 해안을 거닐고 싶습니다. 때로는 엷은 스웨이드 장갑을 끼고 도시에 가서 그림을 보고 음악을 듣고 카페에 앉아서 오래오래 차를 마시며, 지나가는 사람들을 바라보고 언제나 자유롭고 언제나 인정이 있고 언제나 배우고 그렇게 살고 싶습니다.

나는 영화를 보며 자기가 주인공인 양 좋아하는 그런 어리석은 사나이는 아니다. 그러나 나는 존 미들턴 머리가 아니라도 캐서린 맨스필드의 이 편지를 즐겨 읽는다.
그리고 인기 배우를 부러워하지 않는다.

장난감

　내 책상 속에는 10여 년 전 100원 샵에서 사 온 구슬 치기하는 마블 몇 개가 있다.

　라일락,
　너는 느릅나무 그늘지는 거리에도 피어 있다.
　연과 마블을 파는 작은 가게가 있는.

　나는 어려서 장난감 가게 주인을 부러워하였다. 지금도 막상 장사를 시작한다면 장난감 가게밖에 할 게 없는 것 같다. 물론 그 가게에서는 아이들에게 화상을 입게 하는 딱총은 아니 팔 것이다. 장난감 가게는 우선 그 상품이 재미있다.

　손님이 아니 오더라도 나 혼자 그것들을 가지고 놀 수 있다. 그리고 장난감 가게에 오는 손님들의 얼굴에는 언제나 웃음이 있다. 약방과는 다르다. 이쁜 아기, 이쁜 엄

마, 좋은 할아버지 그리고 크리스마스가 오면 금방 부자
가 될 것이다.

장난감 가게를 하게 되면 부대사업으로 옆에다 장난
감 서비스 센터를 내겠다. 바퀴 빠진 자동차도 고쳐 주
고, 다리 부러진 인형도 고쳐 주고, 그러나 나의 어린 시
절의 장난감들을 생각하면 수선료를 많이 받을 수 없다.
나는 어려서 무서움을 잘 탔다. 그래서 늘 머리맡에다
안데르센의 동화에 나오는 주석으로 만든 용감한 병정
들을 늘어놓고야 잠이 들었다. 아침에 눈을 떠 보면 나
의 근위병들은 다 제자리에서 꼼짝도 아니하고 서 있는
것이다.

나는 미국의 한 은퇴한 철도 회사 사장이 자기 집 마
당에다 기관차, 그리고 철교, 터널까지 갖춘 장치를 차
려 놓고 이웃 아이들을 데려다가 기차 놀이를 하는 것을
보았다. 현대 문명이 자랑하는 디젤 기관차도, 제트기
도, 우주선도 생각하면 다 장난감에 지나지 않는다. 언
젠가 내가 묻힐 때가 오면 내 책상 서랍 속에 있는 마블
을 넣어 주었으면 한다. 골동품 수집가는 청자 찻잔 하
나 가지고 가지 못할 것이요, 부잣집 부인이라도 진주
반지 하나 끼고 가지 못하지마는, 아무리 탐욕스런 세상
이라 하여도 나의 구슬은 그대로 남아 있을 것이다.

○ 가구

도연명의 '허실유여한(虛室有餘閑)'이라는 시구는 선미 (禪味)는 있을지 모르나 아늑한 감이 적다. 물 떠먹는 표주박 하나만 가지고 사는 디오게네스는 아무리 고답한 철학을 탐구한다 하더라도 명상하는 미개인에 지나지 않는다.

사람은 가구와 더불어 산다. 내가 가지고 싶은 것은 골동품이 아니라도 예전 것들이다. 퇴계와 율곡 같은 분이 쓰던 유래 있는 문갑이 아니라도, 어느 조촐한 선비의 손때가 묻은 대나무로 짜서 옻칠한 문갑이다.

먹글씨를 아니 쓰더라도 예전 벼루와 연적이 하나 있었으면 한다.

세전지물(世傳之物), 우리네 살림에는 이런 것들이 드물다. 증조할머니가 시집올 때 가지고 온 것, 이런 것이 없는 까닭은 가난한 탓도 있고 전란을 겪은 탓도 있고 한 군데 뿌리를 박고 살지 못하는 탓도 있다.

그리고 오래된 물건을 귀중히 여기지 않는 잘못에도 있다. 유서 깊은 화류 장롱이나 귀목 반닫이를 고물상에 팔아 버리고 베니어로 만든 '단스'나 금고 같은 '캐비닛'을 사들이는 사람이 있다. 이들은 교체를 잘하는 사람들이다.

서양 사람들은 오래된 가구나 그릇을 끔찍이 사랑하며 곧잘 남에게 자랑한다. 많은 설명이 따르기도 한다. 파이프 불에 탄 자국이 있는 마호가니 책상. 할아버지가 글래드스턴과 같이 유명했던 사람이라면 이야기는 더 길어진다. 자동차 같은 것을 해마다 바꾸는 미국 가정에서도 '포치'에는 할머니가 편물을 짜며 끄덕거리고 앉아 있던 '로커'가 놓여 있다. 흑단(黑檀), 백단(白檀), 자단(紫檀)의 오래된 가구들, 이런 것들은 우리 생활에 안정감을 주며 유구한 생활을 상징한다. 사람은 가도 가구는 남아 있다.

화려하여서가 맛이 아니다. 오래가고 정이 들면 된다. 쓸수록 길이 들고 길이 들어 윤이 나는 그런 그릇들이 그립다. 운봉 칠기, 나주 소반, 청도 운문산 옹달솥, 밥을 담아 아랫목에 묻어 두면 뚜껑에 밥물이 맺히는 안성맞춤 놋주발, 이런 것들조차 없는 집이 많다. 이런 것들이 없다면 우리네 살림살이는 한낱 소모품에 지나지 않을 것이다.

○ 눈물

스탠더드 석유 회사 런던 지점에 다니던 시인 월터 데라메어를 생각하면서 내가 텍사스 석유 회사 서울 지점에 석 달 동안이나 취직을 하고 있을 때였다. 어느 날 오후, 그레이스라는 타이피스트가 중요한 서류에 '미스' 투성이를 해 놓았다. 애인을 떠나보내고 눈에 눈물이 어려서 그랬다는 것이다.

간다 간다 하기에 가라 하고는
가나 아니 가나 문틈으로 내다보니
눈물이 앞을 가려 보이지 않아라

이별의 눈물은 예나 지금이나 다름이 없다.

나는 어려서 울기를 잘하였다. 눈에서 눈물이 기다리고 있듯이 울었다. 『사랑의 학교』라는 책 속에 있는 난파선 이야기 위에는 나의 눈물 자국이 있었다. 채플린이 데리고 다니던 재키 쿠건이라는 어린 배우는 나를 많이 울렸다. 순이가 나하고 아니 논다고 오래오래 울기도 하였다. 입이 찝찔해지는 것을 느끼면서.

찝찔한 눈물. H.O보다는 약간 복잡하더라도 눈물의 분자식은 다 같을 것이다. 그러나 그 눈물의 다양함이여! 이별의 눈물, 회상의 눈물, 체념의 눈물, 아름다운 것을 바라다볼 때의 눈물, 결혼식장에서 딸을 인계하고 나오는 아빠의 눈물, 그 정한이 무엇이든 간에 비 맞은 나무가 청신하게 되듯이 눈물은 마음을 씻어 준다.

눈물은 인정의 발로이며 인간미의 상징이다. 성스러운 물방울이다. 성경에서 아름다운 데를 묻는다면, 하나는 이역(異域) 옥수수밭에서 향수의 눈물을 흘리는 룻의 이야기요, 또 하나는 「누가복음」 7장, 한 탕녀가 예수의 발 위에 흘린 눈물을 자기의 머리카락으로 씻고, 거기에 향유를 바르는 장면이다. 미술품으로 내가 가장 아름답게 여기는 것은 미켈란젤로의 「피에타」이다. 거기에는 마리아의 보이지 않는 눈물이 있다. 저 많은 아름다운 노래들은 또한 눈물을 머금고 있지 아니한가.

도시에 비 내리듯
내 마음에 눈물 내린다.

이 '눈물 내리는 마음'이 독재자들에게 있었더라면, 수억의 비극은 일어나지 않았을 것이다. 2차 세계 대전 때 일본에는 "가솔린 한 방울 피 한 방울"이라는 기막힌 표어가 있었다. 석유 회사 타이피스트 그레이스의 그 눈물에는 1000만 드럼의 정유보다 소중한 데가 있다.

맛과 멋

맛은 감각적이요, 멋은 정서적이다.

맛은 적극적이요, 멋은 은근하다.

맛은 생리를 필요로 하고, 멋은 교양을 필요로 한다.

맛은 정확성에 있고, 멋은 파격에 있다.

맛은 그때뿐이요, 멋은 여운이 있다.

맛은 얕고, 멋은 깊다.

맛은 현실적이요, 멋은 이상적이다.

정욕 생활은 맛이요, 플라토닉 사랑은 멋이다.

그러나 맛과 멋은 반대어는 아니다. 사실 그 어원은
같을지도 모른다. 맛있는 것의 반대는 맛없는 것이고,
멋있는 것의 반대는 멋없는 것이지 멋과 맛이 반대되는
것은 아니다.

맛과 멋은 리얼과 낭만과 같이 아름다운 조화를 이루
는 것이다.

그러나 맛만 있으면 그만인 사람도 있고, 맛이 없더라

도 멋만 있으면 사는 사람이 있다. 맛은 몸소 체험을 해
야 하지만, 멋은 바라보기만 해도 된다. 맛에 지치기 쉬
운 나는 멋을 위하여 살아간다.

호이트 컬렉션

"찰스 먼치(샤를 뮌슈의 영어식 발음)가 지휘하는 보스턴 심포니 오케스트라의 연주로 들으시겠습니다." 하는 아나운서의 말을 들을 때면 심포니 홀을 생각하고, 연달아 보스턴 박물관을 연상한다.

근 1년 동안 주말이면 나는 이 두 곳에 갔었다. 먼저 가는 곳은 박물관이었다. 유럽에서 사들인 그 수많은 명화들, 조각들, 루이 16세가 쓰던 가구들, 그러나 내가 먼저 가는 쪽은 그 반대편에 있는 작은 방이었다. 거기에는 그것들이 고요히 앉아서 나를 기다리고 있었다. 정말 처음 그것들을 만났을 때, 나는 놀랐다.

수십 년 전 내가 상해에 도착하던 날 청초하게 한복을 입은 젊은 여인이 걸어가는 것을 보았을 때 느낀 그 감격이었다.

300년, 500년, 700년 전의 우리나라 흙으로 우리 선조가 만들어 놓은 비취색, 짙은 옥색, 백색의 그릇들, 일품(逸品)인 상감포도당초문표형주전자(象嵌葡萄唐草文瓢形 酒煎子)를 위시하여 장방형에 네 발이 달린 연지수금향로 (蓮池水禽香爐), 화문매병(花文梅瓶), 윤화탁(輪花托) 등 수 십 점이 한 방에 진열되어 있었다. 이 자기들은 고(故) 호 이트(Hoyt) 씨가 수집한 것들로, 하버드 대학 포그 박물 관에 보관되어 있었던 것을 그의 유언에 따라 보스턴 박 물관에 기증되었다 한다.

이것들 중에도 단아한 순청주전자(純青酒煎子) 하나는 시녀들 속에 있는 공주와도 같았다. 맑고 찬 빛, 자혜로 운 선, 그 난초같이 휘다가 사뿐 머문 입매! 나는 만져 보고 싶었다. 그러나 그것은 될 수 없는 일이었다.

주말이 아니라도 불현듯 지하철을 타고 그것들을 보 러 가는 때가 있었다. 내가 그곳을 떠나기 전날, 박물관 그 방을 찾아갔었다. 소환되지 않는 이 문화 사절들은 얼마나 나를 따라 고국에 오고 싶었을까?

미국도 동북방 7000마일 이국에 그것들을 두고 온 지 10년, 그것들이 지금도 가끔 생각난다. 순결(純潔), 고아 (高雅), 정적(靜寂), 유원(悠遠)이 깃들어 있는 그 방 바로 옆방은 일본실이었다. 거기에는 '사무라이' 칼들이 수십 자루나 진열되어 있었다.

무서운 동화를 읽은 어린아이같이 나는 자다 깨어 불 안을 느낄 때가 있다.

전화

웬 전화가 다 있느냐고? 지금보다도 교통이 더 나쁘던 때 당인리로 나를 찾아왔던 제자들이 내가 없어 허탕을 치는 일이 있었다. 그 후 그들이 우리 집에 전화를 놓아 주려고 동창들 간에 돈을 모으고 있다는 소문이 들려왔다. 당황한 나는 급히 가설비를 마련하고 어떤 분의 호의로 전화를 놓게 되었다. 우리 집 전화는 매우 한가하다. 하루에 두서너 번 또는 대여섯 번 전화가 오고 그만한 횟수의 전화를 걸게 된다. 내가 거는 전화나 내게 오는 전화는 "지금 눈이 오고 있습니다." 하는 그런 전화다. 실리적 목적이 있는 전화라면 의사 친구를 괴롭게 하는 전화 진찰 정도다.

오늘도 신경통에 대하여 문의를 하였다. 그런데 아직 주사를 맞을 생각은 없다.

전화가 주는 혜택은 받으면서 전화기를 미워하는 사람이 있다. 팬아메리칸 여객기를 타고 앉아서 기계 문명을 저주하는 바라문 승려와 같은 사람이다. 물론 전화는 성가실 때가 많다. 한밤에 걸려 오는 전화, 목욕할 때 걸려 오는 전화, 독서삼매에 들어 있을 때 걸려오는 전화, 게다가 그것이 잘못 걸려온 전화라면 화가 아니 날 수 없다. 그러나 그 화는 금방 가신다. 불쾌한 상대가 아니라면 잘못 걸려 온 전화라도 그다지 짜증나는 일은 아니다. 한번은 잘못 걸려 온 전화를 받았는데, 참으로 명랑한 목소리였다.

그리고 "미안합니다." 하는 신선한 웃음소리는 갑자기 젊음을 느끼게 하였다. 나는 이 이름 모르는 여성에게 감사의 뜻을 전달하고 싶다.

갖은 괴로움을 견디면서도 서울을 떠나지 않는 이유의 하나는 친구들이 있다는 사실이다. 몇몇 사람 이외에는 서로 자주 만나지도 못하지만, 그래도 서울에서 살면 언제나 볼 수 있다는 가능성을 향유하고 있는 것이다. 다소 괴로움이 따르더라도 전화를 가짐은 불현듯 통사정을 하고 싶을 때, 목소리라도 들어 보고 싶을 때, 이런 때를 위해서다.

전화는 걸지 않더라도 언제나 걸 수 있는 가능성을 가지고 있는 점에 그 가치가 더 크다. 전화가 있음으로써 내 집과 친구들 집이 연결되어 있다는 것을 생각하면서 자못 든든할 때가 있다. 전선이 아니라도 정(情)의 흐름은 언제 어느 데서고 닿을 수 있지마는.

시골 한약국

　나는 학생 시절에 병이 나서 어느 시골에 가서 몇 달 휴양을 하였다. 그때 내가 유하던 집 할아버지의 권고로 용하다는 한약국에 가서 진찰을 받고 약을 한 제 지어 먹은 일이 있었다. 그 의원은 한참 내 맥을 짚어 보고는 전신 쇠약이니까 녹용과 삼을 넣은 보약을 먹어야 한다고 하였다. 그런데 자기 약방에는 약재가 없고 약 살 돈도 당장 없다고 하였다. 사실 낡은 약장에는 서랍이 많지 않았고 서랍 하나에 걸려 있는 약저울도 녹이 슬어 있었다.

　약국 천장을 쳐다봐도 먼지 앉은 봉지가 십여 개쯤 매달려 있을 뿐이었다. 어째서 내 마음이 그에게 끌렸던지 그 이튿날 나는 그 한의와 같이 사오십 리나 되는 청양이라는 곳에 가서 내 돈으로 나 먹을 약재를 사고 약국을 해 먹으려면 꼭 있어야 한다는 약재를 사도록 돈을 주었다.

　약의 효험인지, 여름 시냇가에 날마다 낚시질을 다니

고 밤이면 곤히 잠을 잔 덕택인지 나는 몸이 건강해져서 서울로 돌아왔다. 내가 돌려주었던 그 돈은 받았는지 받지 못하였는지 지금은 생각이 나지 않는다.

나는 그 후 셰익스피어의 극 「로미오와 줄리엣」 속에서 로미오가 독약을 사는 약방, 먼지 앉은 병들과 상자들을 벌여 놓은 초라한 약방이 나올 때마다 비상(砒霜)조차도 없을 충청도 그 시골 약국을 회상하였다.

양복 한 벌 변변한 것을 못해 입고 사들인 책들을 사변통에 다 잃어버리고 그 후 5년간 애면글면 모은 나의 책은 지금 겨우 300권에 지나지 아니한다. 나는 이 책들을 내가 기른 꽃들을 만져 보듯이 어루만져 보기도 하고, 자라는 아이를 바라보듯이 대견스럽게 보기도 한다.

물론 내가 구해 놓은 이 책들은 예전 그 한방의가 나한테서 돈을 취하여 사 온 진피, 후박, 감초, 반하, 행인 같은 것들이다.

그런데 우황, 웅담, 사향, 영사, 야명사 같은 책자들이 필요할 때면 나는 그 시골 약국을 생각하게 된다.

○ <ruby>長壽<rt></rt></ruby> 장수

비 오는 날이면 수첩에 적어 두었던 여배우 이름을 읽어 보면서 예전에 보았던 영화 장면을 회상하는 버릇이 있었다. 지금도 때로는 미술관 안내서와 음악회 프로그램을 뒤적거리기도 하고 지도를 펴 놓고 여행하던 곳을 찾아서 본다. 물론 묶어 두었던 편지들을 읽어도 보고 책갈피에 끼워 둔 사진을 들여다보기도 한다.

30년 전이 조금 아까 같을 때가 있다. 나의 시선이 일순간에 수천 수만 광년 밖에 있는 별에 갈 수 있듯이, 기억은 수십 년 전 한 초점에 도달할 수 있는 까닭이다.

그러나 나와 그 별 사이에는 희박하여져 가는 공기와 멀고 먼 진공이 있을 뿐이요, 30년 전과 지금 사이에는 변화 곡절이 무상하고 농도 진한 '생활'이라는 것이 있다. 이 생활 역사를 한 페이지 읽어 보면 1년이라는 세월은 긴긴 세월이요, 하룻밤, 아니 5분에도 별별 사건이 다 생기는 것이다.

과거를 역력하게 회상할 수 있는 사람은 참으로 장수를 하는 사람이며, 그 생활이 아름답고 화려하였다면 그는 비록 가난하더라도 유복한 사람이다.

　　예전을 추억하지 못하는 사람은 그의 생애가 찬란하였다 하더라도 감추어 둔 보물의 세목(細目)과 장소를 잊어버린 사람과 같다. 그리고 기계와 같이 하루하루를 살아온 사람은 그가 팔순을 살았다 하더라도 단명한 사람이다. 우리가 제한된 생리적 수명을 가지고 오래 살고 부유하게 사는 방법은 아름다운 인연을 많이 맺으며, 나날이 작고 착한 일을 하고, 때로 살아온 자기 과거를 다시 사는 데 있는가 한다.

황포탄의 추석

○

월병(月餠)과 노주(老酒), 호금(胡琴)을 배에 싣고 황포강(黃浦江) 달놀이를 떠난 그룹도 있고, 파크 호텔이나 일품향(一品香)에서 중추절 파티를 연 학생들도 있었다. 도무장(跳舞場)으로 몰려간 패도 있었다. 텅 빈 식당에서 저녁을 먹고 방에 돌아와 책을 읽으려 하였으나, 마음이 가라앉지 않았다. 어디를 가겠다는 계획도 없이 버스를 탄 것은 밤 9시가 지나서였다. 가든 브리지 앞에서 내려 시는 영화 구경이라도 갈까 하다가 황포탄 공원으로 발을 옮겼다.

빈 벤치가 별로 없었으나 공원은 고요하였다. 명절이라서 그런지 중국 사람들은 눈에 띄지 않았다. 이 밤뿐 아니라 이 공원에 많이 오는 사람들은 유대인, 백계(白系) 러시아 사람, 서반아 사람, 인도인들이다. 실직자, 망명객 같은 대개가 불우한 사람들이다. 갑갑한 정자간(亭子間)에서 나온 사람들이다.

누런 황포강 물도 달빛을 받아 서울 한강 같다. 선창
마다 찬란하게 불을 켜고 입항하는 화륜선(火輪船)들이
있다. 문명을 싣고 오는 귀한 사절과도 같다. '브라스 밴
드'를 연주하며 출항하는 호화선도 있다. 저 배가 고국
에서 오는 배는 아닌가. 저 배는 그리로 가는 배가 아닌
가 하는 사람도 있을 것이다. 같은 달을 쳐다보면서 그
들은 바이칼 호반으로, 갠지스 강변으로, 마드리드 거리
로 제각기 흩어져서 기억을 밟고 있을지도 모른다. 친구
와 작별하던 가을 짙은 카페, 달밤을 달리던 마차, 목숨
을 걸고 몰래 넘던 국경. 그리고 나 같은 사람이 또 하나
있었다면 영창에 비친 소나무 그림자를 회상하였을 것
이다. 과거는 언제나 행복이요, 고향은 어디나 낙원이
다. 해관(海關) 시계가 자정을 알려도 벤치에서 일어나려
는 사람은 없었다.

기다리는 편지

 나는 오지 않는 편지 한 장을 기다립니다. 오늘 아침에도 기다렸습니다. 내가 죽는 날까지는 기다리려고 합니다. 이곳은 상해 시가지서 7마일이나 떨어져 있는 양수포(楊樹浦)인 고로 교내(校內)에 조그마한 우편소가 있습니다. 우체부가 편지 전대를 아침 10시 오후 3시 하루에 두 번씩 날라 옵니다. 그러면 학교 우편소에서는 그 편지들을 제각각 편지 상자 속에다가 넣었다가 줍니다. 하루에 두 번밖에 오지 않는 줄을 번연히 알면서도 나는 다섯 번도 어떤 날은 열 번도 오지 않는 편지를 찾으려 합니다. 하학종만 치면 반가운 벗이 기다리고 있는 것처럼 달음질로 달아나는 곳이 이 조그마한 우편국입니다. 동무들이 상기한 얼굴로 받아 들고 나오는 흰 봉투 분홍 봉투들이 무척 부럽기도 하고 한편으로 얄미워서 뺏어 찢어 버리고 싶을 때도 있습니다. 그러고 강변 그늘진 잔디를 찾아가서 보란 듯이 여기저기 앉고 자빠진 그놈들 꼴이 밉광스럽기 짝이 없습니다.

어떤 때 우편소에 가 보면 편지 전대는 왔는데 아직 다 골라 넣지를 않았으면 그 편지들을 다 넣을 때까지 거기에 서서 기다립니다. 저것은 아닐까 또 저것은 아닐까 마음 졸이면서! 다시는 안 가 보겠다는 결심도 해 보았습니다마는 하루에도 몇 번씩 그리로만 발길이 갑니다.

읽던 책 덮고 강물을 바라볼 때 밤 깊게 캠퍼스를 거닐 때 어디서인지 화륜선이 떠오르면 그 배에는 내 편지가 실렸으리라고 아지 못할 나그네들을 향하여 손을 흔들어 준 적도 한두 번이 아닙니다.

아마 나더러 미쳤다는 사람도 있겠지요. 그러나 밤이 되면 내일은 편지가 오리라는 희망으로 자리에 나갑니다. 그리고 날이 밝으면 오늘은 오리라는 기쁨으로 일어납니다. 기다리는 이 편지가 앞날 어느 때에 올는지 영영 아주 오지 않을지 나는 모르겠습니다. 그러나 이 편지를 기다리는 희망이 없이는 하루라도 살아갈 수가 없습니다.

용돈

마음대로 쓸 수 있는 돈이 있다는 것은 참으로 유쾌한 일이다. 이런 돈을 용돈이라고 한다. 나는 양복 호주머니에 내 용돈이 700원만 있으면 세상에 부러운 사람이 없다. 그러나 300원밖에 없을 때에는 불안해지고 200원 이하로 내려갈 때에는 우울해진다. 이런 때는 제분 회사 사장이 부러워진다.

주말이 되면 내 용돈에서 일주일분 700원을 넣고 나간다. 다른 사람의 경우에 있어서는 술, 담배, 그리고 찻값이 용돈의 대부분을 차지할 것이다. 그러나 나는 주초 (酒草)를 위하여 용돈을 쓰는 일은 거의 없다. 술은 공술이라도 한 잔도 못 먹고, 담배는 권하면 받아 무는 일이 있다. 찻집에는 가끔 간다. 용돈으로 물건을 사는 일은 없다. 어려서 전 재산을 다 주고 값진 장난감 하나를 사고는 한 달 동안 돈 고생을 한 일이 있다. 그 후로는 용돈으로는 절대로 물건을 아니 사게 되었다. '아이스크림'

을 잘 사 먹는다. 전에는 둘이서 두 잔씩 먹던 것을 요즈음은 한 잔씩 먹는다.

서영이는 아직도 두 잔 먹는 때가 있다. 영화나 음악회에 가기도 한다. 머리를 깎기도 한다. 용돈으로 머리를 깎는다는 것은 억울한 일이다. 그런데 나는 큰 호텔 이발소에서 이발을 한다. '그런데'가 아니라 '그래서' 사치스런 이발을 하는 것이다. 아무리 돈을 많이 쓰는 날이라도 700원을 다 쓰지는 않는다.

우리 집에는 텔레비전이나 냉장고 같은 것이 없다. 그런 것을 사기에는 내 월급이 너무 적다. 월부로 살 수는 있을 것이다. 그러나 월부로 물건을 사면 그만큼 월급이 줄어드는 셈이 된다. 나는 월급이 줄어드는 것을 가장 싫어한다. 월급이 줄어들면 내 용돈도 줄어들 것이다. 그런데 돈의 구매력이 줄어서 월급이 줄어든 것이라고도 한다. 내 용돈도 줄어들었을 것이다.

'일단사 일표음(一簞食 一瓢飮, 한 도시락 밥과 한 표주박 물)'으로 나는 도(道)를 즐길 수는 없다. 나는 속인(俗人)이므로 희랍 학자와 같이 자반 한 마리와 빵 한 덩어리로 진리를 탐구하기는 어렵다.

桐千年老恒藏曲   오동은 천 년 늙어도 항상 가락을 지니고,

梅一生寒不賣香　　매화는 일생 추워도 향기를 팔지 않는다.

물론 마음의 자유를 천만금에는 아니 팔 것이다. 그러나 용돈과 얼마의 책값과 생활비를 벌기 위하여 마음의 자유를 잃을까 불안할 때가 있다.

금반지

10년 근속 기념품으로 금반지를 받았다. 좀 작으나 모양이 예쁘다.

나는 예전에 반지를 두 개 산 일이 있다. 하나는 백금에 진주를 물린 아름다운 반지로 약혼 선물로 산 것이요, 또 하나는 결혼식에 쓰느라고 산 금반지다. 그런데 백금 반지는 일제 말년 백금 헌납 강조 주간에 아니 내어 놓으면 큰 벌을 받을까 봐 진고개 어떤 상점에 팔아 버렸다. 팔러 가게 될 때까지는 고민이 있었다. 그래서 "진주 반지를 끼면 눈물이 많다."라는 말을 누구에게서 들은 것같이 생각하여 보았다. 결혼반지가 중하지 약혼반지는 그리 대단한 것이 아니라고 중얼거리기도 하였다. 백금값이 폭등하였으므로 지금 파는 것이 경제적으로는 이익이라고 집사람을 달래기도 하였다. 그리고 그 판 돈으로는 '야미' 쌀을 사 먹자고 꾀었다.

결혼반지를 가지고 귀금속 상점을 드나들게 된 것은

부산 피난 가서 생긴 일이다. 마음을 단단히 먹고 닷 돈쭝 금반지를 두 돈쭝 금반지로 바꾸었다. '닷 돈쭝은 끼기에 너무 무겁지 않았던가? 내외 간의 사랑은 결혼반지의 무게와 정비례하는 것은 아니다.' 이런 생각을 한 것 같다. 몇 달 후 나는 또 광복동 금은상을 드나들지 않으면 안 되게 되었다. 이번에는 두 돈쭝 금반지를 두 돈쭝 은반지로 바꾸었다.

15년이나 갖은 고생을 같이한 조강지처의 사랑이 반지의 빛깔이나 그 물질적 가치로 좌우되지는 않을 것이라는 굳은 신념을 가지고 이 교환을 감행하였던 것이다. 그 후 언젠가 그 반지가 반짇고리에서 굴러다니는 것을 본 일이 있다.

나에게는 세 가지 기쁨이 있다. 첫째는 천하의 영재에게 학문을 이야기하는 기쁨이요, 둘째는 젊은이들과 늘 같이 즐김으로써 늙지 않는 기쁨이요, 셋째는 거짓말을 많이 아니하고도 살아 나갈 수 있는 기쁨이다. 이런 행복한 생활을 해 오기에는 내조의 공이 큰 바 있다. 만약에 불행히 그가 사교성이 있는 여자였더라면 나는 아마도 대관(大官)이 되었을 것이요, 화려한 생활이 어떤 것인지 아는 영민한 여성이었더라면 내가 영어로 편지도 잘 쓰는 터이니 지금쯤은 큰 무역상이 되었을 것이다. 10년이라는 긴긴 세월을 더구나 한 곳에서 훈장 노릇은 못하였을 것이다. 이번에 금반지를 타게 된 것이 어찌 오로지 부덕(婦德)의 힘이 아니랴. 이 반지는 우리 집사람이 결혼반지 삼아 끼고 다녀도 좋을 것이다.

○　이사

　　무슨 생각이었는지 사지 못할 집을 복덕방에 물어보고 가회동 골목길을 도로 나왔다. 그러고는 발걸음을 비원으로 옮겼다. 비 내리는 고궁에는 산책하는 사람이 하나도 없었다. 그날 나는 우연히 돈 300환을 내고 값이 있다면 몇백 억이 될 그 넓은 정원을 혼자 즐길 수 있었다. 흐뭇한 소유감까지 가져 보려 하다가 문득 깨닫고 우연히 비 맞는 연잎들을 내려다 보았다.

　　나는 가난을 느끼는 일이 거의 없다. 다행히 30여 년간 실직을 한 일이 없고 욕심이 많은 편이 아니어서 그런가 보다. 술, 담배에는 돈을 아니 쓰고 반찬 가게에 외상을 지지 않고 월급을 미리 당겨 쓰지도 않고 월부라든가 계라는 것을 아직 하지 않아 돈에 쪼들리는 일이 별로 없기 때문이다.

　　그런데 의식주 셋 중에서 주택 때문에 가난을 느끼는 때가 있다.

"예수께서 이르시되, 여우도 굴이 있고, 공중의 새도 거처가 있으되, 오직 인자는 머리 둘 곳이 없다 하시더라."

주님의 말씀과 같이 달팽이도 제집이 있고 누에도 제집을 만들어 드는데, 나에게는 내 집이 없었던 때가 있었다.

남산에서 만호장안을 내려다보고,

"집, 집, 집 사면에 집, 그러나 우리를 위한 집은 한 채도 없구나." 이런 한탄을 한 일이 있다. 한때는 옛날 서생들의 기숙사였던 성균관 동재에 방을 빌려 살림살이를 한 일도 있다. 그리로 이사 간 첫날 밤에는 꿈에 유생들이 몰려와서 나가라고 야단을 치지나 않을까 하고 퍽 걱정을 하였다.

어느 해는 1년에 여섯 번 이사를 한 해도 있었다. 해가 아니 들어서, 물 길어 먹기가 어려워서, 옆집이 구공탄 공장이어서, 가까이 제재 공장이 생겨서, 그리고 두 번은 집주인이 내놔 달래서 그렇게 되었다.

7년 전에 지금 우리가 살고 있는 방 둘 있는 영단 주택으로 이사를 올 때, 그때 기쁨은 참으로 대단하였다. 아이들은 "이것이 인제 우리 집이지." 하고 좋아라고 뛰었다.

우리 집에는 쏘니라는 이름을 가진 강아지가 있었는

데, 제집을 끔찍이나 사랑하였다. 레이션 상자 속에 내헌 재킷을 깐 것이 그의 집인데, 쏘니는 주둥이로 그 카펫을 정돈하느라고 매일 장시간을 보내었다. 그리고 그 뻬죽한 턱주가리를 마분지 담벽에다 올려놓고 우리들 사는 것을 구경하고 때로는 명상에 잠기기도 하였다. 그리고 저의 집 앞은 남이 얼씬도 못하게 하였다. 마치 궁성을 지키는 파수병같이 나는 이 개 못지않게 집을 위하였다.

7년 동안에 아이들이 자라고 책이 늘었고, 왜 버리지 못하는지 모를 너저분한 물건들도 많아졌다. 집이 좁다는 말이 나오기 시작했다.

그리고 건넛집 라디오가 소란하고 골목 여인네들의 목소리가 시끄러워졌다. 그리고 나 혼자 있을 수 있는 내 방이 갖고 싶어졌다.

나는 이사를 해 볼 생각을 하게 되었다. 그런데 집 매매가 없다는 요즈음 우리 집을 사겠다는 사람이 나섰다. 나는 집값이 떨어졌다는 의식에 사로잡혀 준다는 금세에 덜컥 계약을 하였다.

그러고는 집을 보러 나섰다. 교통 좋은 곳은 엄두도 못 내고 이 끝에서 저 끝으로 변두리마다 돌아다녀 보았다. 팔려고 내놓은 집은 많아도 내 돈으로 살 수 있는 집만 다 못한 것들이었다. 매일 지쳐서 돌아오면 이 집같이 좋은 집은 없었다. 꽃 심을 뜰이 좀 있고 방이 네댓 되는 집, 이것이 내가 원하는 집이다. 언제든지 내 돈은 집 값의 반이나 3분의 1밖에 아니 된다.

나는 잠을 못 자게 되었다. 집 보러 다니느라고 몸이 피곤한데도, 도무지 잠이 오지 않았다. 나는 7년 만에 새삼스럽게 가난을 느꼈다. 불안과 초조로 두 주일을 보내다가 집 내놓 기일이 다가오자 마침내 집값의 절반을 15년 간에 걸쳐 은행에 부어 간다는 그리고 버스가 15분에 한 번씩 다니는 곳에 있는 주택 하나를 계약하게 되었다. 15년! 내 방, 좋은 말로 서재의 대가로 15년간 부어 갈 부채와 교통을 위한 무수한 시간을 지불하게 되었다.

그저 이 집에 그냥 살고, 비 오는 날이면 비원이나 찾아갈 것을 공연히 이사를 한다고 나는 마음을 괴롭히고 있다. 이삿짐을 상상하면 더욱 가난을 느끼게 된다.

보스턴 심포니

'재즈'라도 들으려고 AFKN에다 다이얼을 돌렸다. 시월 어떤 토요일이었다. 뜻밖에도 그때 심포니 홀로부터 보스턴 심포니 75주년 기념 연주 중계방송을 한다고 한다. 나의 마음은 약간 설레었다.

1954년 가을부터 그 이듬해 봄까지에 걸친 연주 시즌에 나는 금요일마다 보스턴 심포니를 들으러 갔었다.

3층 꼭대기 특별석에서 듣는 60센트짜리 입장권을 사느라고 장시간 기다렸다. 그런데 이때마다 만나게 되는 하버드 대학 현대시 세미나에 나오는 학생이 있었다. 그는 교실에서 가끔 날카로운 비평을 발표하였다. 크고 맑은 눈, 끝이 약간 들린 듯한 코, 엷은 입술, 굽이치는 갈색 머리, 그의 용모는 아름다웠다. 오케스트라가 음정을 고르고 '샹들리에' 불들이 흐려진다.

갑자기 고요해진다. 머리 하얀 컨덕터 찰스 먼치가 소나기 같은 박수 소리를 맞으며 나온다. 지휘봉이 들리자

하이든 심포니 B플랫 메이저는 미국 동부 지방 불야성들을 지나 별 많은 프레리를 지나 해 지는 태평양을 건너 지금 내 방 라디오로부터 흘러나오고 있다.

그는 이 가을도 와이드나 연구실에서 책을 읽고 벌써 단풍이 들었을 야드에서 다람쥐와 장난을 하고, 이 순간은 심포니 홀 3층 갤러리에 앉아 음악을 듣고 있을 것이다. 꿈 같은 이태 전 어느 날 밤 도서관 층계에서 그와 내가 마주쳤다. 그는 나를 보고 웃었다. 그 미소는 나의 마음 고요한 호수에 작은 파문을 일으키고 음향과 같이 사라졌다. 중계방송이 끊어졌다. 7000마일 거리가 우리를 다시 딴 세상 사람으로 만들었다. 하이든 심포니 제1악장은 무지개와도 같다.

엄마

마당으로 뛰어내려 와 안고 들어갈 텐데 웬일인지 엄마의 얼굴은 보이지 않았다. '또 숨었구나!' 방문을 열어 봐도 엄마가 없었다. '옳지 그럼 다락에 있지.' 발판을 갖다 놓고 다락문을 열었으나 엄마는 거기도 없었다. 건넌방까지 가 봐도 없었을 때에는 앞이 아니 보였다. 울음 섞인 목소리는 몇 번이나 엄마를 불렀다. 그러나 마루에서 재깍대는 시계 소리밖에는 아무 대답도 들리지 않았다. 나는 두 손으로 턱을 괴고 주춧돌 위에 앉아서 정말 엄마 없는 아이같이 울었다. 그러다가 신발을 벗어서 안고 벽장 속으로 들어갔다.

나는 그날 유치원에서 몰래 빠져나왔었다. 순이한테 끌려다니다가 처음으로 혼자 큰 한길을 걷는 것이 어떻게나 기뻤는지 몰랐었다. 금시에 어른이 된 것 같았다. 잡화상 유리창도 들여다보고, 약 파는 사람 연설하는 것도 듣고, 아이들 싸움하는 것 구경하고 그러느라고 좀 늦게야 온 듯하다. 자다가 눈을 떠 보니 캄캄하였다. 나는 엄마를 부르면서 벽장문을 발길로 찼다.

엄마는 달려들어 나를 끌어안았다. 그때 엄마의 가슴이 왜 그렇게 뛰었는지 엄마의 팔이 왜 그렇게 떨렸는지 나는 몰랐었다.

"너를 잃은 줄 알고 엄마는 미친년 모양으로 돌아다녔다. 너는 왜 그리 엄마를 성화 먹이니. 어쩌자고 너 혼자 온단 말이냐. 그리고 숨기까지 하니. 너 하나 믿고 살아가는데, 엄마는 아무래도 달아나야 되겠다." 나들이 간 줄 알았던 엄마는 나를 찾으러 나갔던 것이었다. 나는 아무 말도 아니하고 그저 울었다.

그 후 어떤 날 밤에 자다가 깨어 보니 엄마는 아니 자고 앉아 무엇을 하고 있었다. 나도 일어나서 무릎을 꿇고 엄마 옆에 앉았다. 엄마는 아무 말도 아니하고 장롱에서 옷들을 꺼내더니 돌아가신 아빠 옷 한 벌에 엄마 옷 한 벌씩 짝을 맞춰 차곡차곡 집어넣고 내 옷은 따로 반닫이에 넣고 있었다. 그것을 보고 나도 모르게 슬퍼졌지만 엄마 품에 안겨서 잠이 들었다.

그 후 얼마 안 가서 엄마는 아빠를 따라가고 말았다.

*

　엄마가 나의 엄마였다는 것은 내가 타고난 영광이었다. 엄마는 우아하고 청초한 여성이었다. 그는 서화에 능하고 거문고는 도(道)에 가까웠다고 한다. 내 기억으로 그는 나에게나 남에게나 거짓말한 일이 없고, 거만하거나 비겁하거나 몰인정한 적이 없었다. 내게 좋은 점이 있다면 엄마한테서 받은 것이요, 내가 많은 결점을 지닌 것은 엄마를 일찍이 잃어버려 그의 사랑 속에서 자라나지 못한 때문이다.

　엄마는 아빠가 세상을 떠난 후 비단이나 고운 색깔을 몸에 대신 일이 없었다. 분을 바르신 일도 없었다. 사람들이 자기보고 아름답다고 하면 엄마는 죽은 아빠에게 미안한 생각이 들었을 것이다. 여름이면 모시, 겨울이면 옥양목, 그의 생활은 모시같이 섬세하고 깔끔하고 옥양목같이 깨끗하고 차가웠다. 황진이처럼 멋있던 그는 죽은 남편을 위하여 기도와 고행으로 살아가려고 했다. 폭포 같은 마음을 지닌 채 호수같이 살려고 애를 쓰다가 바다로 가고야 말았다.

　엄마가 이 세상에서 마지막으로 한 말은 내 이름을 부른 것이었다. 나는 그 후 외지로 돌아다니느라고 엄마의 무덤까지 잃어버렸다. 다행히 그의 사진이 지금 내 책상 위에 놓여 있다. 30대에 세상을 떠난 그는 언제나 젊고 아름답다. 내가 새 한 마리 죽이지 않고 살아온 것은 엄마의 자애로운 마음이요, 햇빛 속에 웃는 나의 미소는 엄마한테서 배운 웃음이다. 나는 엄마 아들답지 않은 때가 많으나 그래도 엄마의 아들이다.

나는 엄마 같은 애인이 갖고 싶었다. 엄마 같은 아내를 얻고 싶었다. 이제 와서는 서영이가 아빠의 엄마 같은 여성이 되기를 바랄 뿐이다. 그리고 또 하나 나의 간절한 희망은 엄마의 아들로 다시 태어나는 것이다.

*

"꼭꼭 숨어라, 머리카락 보인다."

엄마와 나는 숨기내기를 잘하였다. 그럴 때면 나는 엄마를 금방 찾아냈다. 그런데 엄마는 오래오래 있어야 나를 찾아냈다. 나는 다락 속에 있는데, 엄마는 이 방 저 방 찾아다녔다. 다락을 열고 들여다보고서도 "여기도 없네." 하고 그냥 가 버린다. 광에도 가 보고 장독 뒤도 들여다보는 것이 아닌가. 하도 답답해서 소리를 내면 그제야 겨우 찾아냈다. 엄마가 왜 나를 금방 찾아내지 못하는지 나는 몰랐다.

엄마와 나는 구슬치기도 하였다. 그렇게 착하던 엄마도 구슬치기를 할 때는 아주 떼쟁이였다. 그런데 내 구슬을 다 딴 뒤에는 그 구슬들을 내게 도로 주었다. 왜 그 구슬들을 내게 도로 주는지 나는 몰랐다.

한번은 글방에서 몰래 도망 왔다. 너무 이른 것 같아서 한길을 좀 돌아다니다가 집에 돌아왔다. 내 생각으로는 그만하면 상당히 시간이 지난 것 같았다. 그런데 집에 들어서자 엄마는 왜 이렇게 일찍 왔느냐고 물었다. 어물어물했더니, 엄마는 회초리로 종아리를 막 때린다. 나는 한나절이나 울다가 잠이 들었다. 자다 눈을 뜨니 엄마는 내 종아리를 만지면서 울고 있었다. 왜 엄마가 우는지 나는 몰랐다.

나는 글방에 가기 전부터 '추상화'를 그렸다. 엄마는 그 그림에 틀을 만들어서 벽에 붙여 놓았다. 아직 우리 나라에는 추상화가 없을 때라, 우리 집에 오는 손님들은 아마 우리 엄마가 좀 돌았다고 생각하였을 것이다.

엄마는 새로 지은 옷을 내게 입혀 보는 것을 참 기뻐하였다. 옷 입히는 동안 내가 몸을 가만두지 않는다고 야단이었다. 작년에 접어 넣었던 것을 다 내어도 길이가 작다고 좋아하였다. 그런데 내 키가 지금도 작은 것은 참 미안한 일이다.

밤이면 엄마는 나를 데리고 마당에 내려가 별 많은 하늘을 쳐다보았다. 북두칠성을 찾아 북극성을 가르쳐 주었다. 은하수는 별들이 모인 것이라고 일러 주었다. 나는 그때 그것을 이해할 수가 없었다. 불행히 천문학자는 되지 못했지만, 나는 그 후부터 하늘을 쳐다보는 버릇이 생겼다.

엄마는 나에게 어린 왕자 이야기를 하여 주었다. 나는 왕자를 부러워하지 않았다. 전복을 입고 복건을 쓰고 다니던 내가 왕자 같다고 생각하여서가 아니라 왕자의 엄마인 황후보다 우리 엄마가 더 예쁘다고 믿었기 때문이었다. 그렇게 예쁜 엄마가 나를 두고 달아날까 봐 나는 가끔 걱정스러웠다. 어떤 때는 엄마가 나의 정말 엄마가 아닌가 걱정스러운 때도 있었다. 엄마가 나를 버리고 달아나면 어쩌느냐고 물어보았다. 그때 엄마는 세 번이나 고개를 흔들었다. 그렇게 영영 가 버릴 것을 왜 세 번이나 고개를 흔들었는지 지금도 나는 알 수가 없다.

○ 그날

읽던 글을 멈추고 자기의 과거를 회상하는 일이 있다. 또 과거를 회상하다가 글에서 읽은 장면을 연상하는 적도 있다. 나는 「아버님의 병환」이라는 노신(魯迅)의 글을 읽다가 50여 년 전 그날을 회상하였다. 엄마가 위독하시다는 전보를 받고 나는 우리 집 서사(書土) 아저씨와 같이 평양 가까이 있는 강서(江西)라는 곳으로 떠났다.

나는 차창을 내다보며 울었다. 아저씨가 나를 달래느라고 애쓰던 것이 생각난다. 울다가 더 울 수 없으면 엄마 생각을 했다. 그러고는 또 울었다. 그러다가 울음이 좀 가라앉았을 때 나는 멀리 어린 송아지가 엄마 소 옆에 서 있는 것을 바라보았다. 왠지 그 송아지가 몹시 부러웠다. 기차는 하루 온종일 달렸다. 산이 그렇게 많은 줄은 몰랐다. 평양은 참 먼 곳이었다.

오후 늦게야 평양에 도착하였다. 기차에서 내려 역 앞에서 기다리고 있던 강서행 역마차를 탔다. 텁석부리 늙은 마부는 약수터에 와 계신 서울댁 부인을 알고 있었다. 그는 안됐다는 듯이 입맛을 쩝쩝 다셨다. 늙은 말은 빨리 달리지를 못하였다. 이 세상에서 제일 느린 말이었다. 이렇게 느린 말은 오랜 후에, 내가 커서 읽은 『데이비드 커퍼필드』 속에만 나온다. 바키스라는 시골 마차 마부도 어린 데이비드에게 불행한 엄마의 소식을 미리 알려 준다. 윤이 나는 긴긴 머리, 그리고 나이보다 젊어 보이는 데이비드의 홀어머니, 그도 아름다운 엄마였다. 소설을 읽고 있던 내 눈에서 더운 눈물이 흐르고 있는 것을 느꼈다. 어린 시절로 돌아간 나는 데이비드와 같이 울고 있는 것이었다. 강서 약수터, 엄마가 유하고 있던 그 집 앞에서 마차를 내리자 나는 "엄마!" 하고 소리를 지르며 뛰어 들어갔다. 엄마는 눈을 감고 반듯이 누워 있었다. 내가 왔는데도 모른 체하고 누워 있었다. 나는 울면서 엄마 팔을 막 흔들었다. 나는 엄마를 꼬집었다. 넓적다리를, 팔을, 힘껏 꼬집고 또 꼬집었다. 엄마는 꼼짝도 하지 않았다. 나는 엄마 얼굴에 엎어져 흐느껴 울었다. 엄마의 뺨은 차갑지 않았다.

나는 이때의 안타까움을 수십 년 후에 내가 본 영화 「엄마 찾아 3만 리」에서 다시 느꼈다. 주인공의 이름은 물론 배우 이름도 잊어서 그저 '아이'라고 부르겠다.

그 아이는 많은 고생을 겪은 뒤에 마침내 엄마를 찾게

된다.

그러나 "엄마!" 하고 소리를 지르며 달려들었을 때 엄마는 자기 아이를 알아보지 못한다. 하얀 시트와 같이 엄마는 모든 기억을 상실하고 있었다.

그때 그 아이의 표정! 그 아이의 눈 속에서 나는 어린 나를 다시 발견하고 울었다. 그래도 그 아이의 엄마는 얼마 후 다시 기억을 회복하였다.

우리 엄마는 내 이름을 부르면서 의식을 잃어버렸다고 한다. 나는 울다가 엎드린 채 잠이 들어 버렸다.

그날 밤 시골 사람들이 나를 일으키며 나쁜 아이라고 야단을 하던 것이 기억난다. 엄마는 어두운 등잔불 밑에서 숨을 거두시었다.

아빠가 돌아가신 후에 엄마는 얼굴 화장을 아니한 것은 물론 색깔 있는 옷이나 비단을 몸에 대는 일이 없었다. 사람들이 자기를 보고 감히 이쁘다고 하면 그런 말을 듣는 것이 죽은 아빠에게 미안하고 무슨 죄라도 짓는 것 같았을 것이다. 그리고 그의 수절을 의심하며 바라다보는 사람은 하나도 없었을 것이라고 믿는다.

그러나 엄마는 늘 건강이 좋지 못하였다. 아빠가 밤마다 꿈에 찾아온다는 말을 하였다. 엄마는 나날이 여위어 갔다. 엄마는 저고리 옷고름에 달던 은장도를 밤이면 머리맡에다 놓고 잤다. 그러나 효과는 없었던 것 같다. 녹용을 넣은 보약을 지어다 잡숫기도 하였다. 그것도 효험이 없었다. 양의(洋醫)의 치료를 받기 위하여 남대문 밖에 있던 세브란스 병원에 입원을 하였지만 거기서도 건강은 회복되지 못하였다.

마침내 엄마는 약수를 먹어 본다고 강서로 갔었던 것이다. 아마 자기가 세상 떠날 것을 알고 고향인 평양으로 가시지 않았나 한다. 평양 사람이 타향에서 죽게 되면 머리를 평양 쪽으로 두고 죽는다는 말이 있다.

내가 아까 읽고 있던 노신의 글 「아버지의 병환」은 이렇게 끝을 맺는다.

연부인(衍太太)은 경문(經文) 사른 재를 종이에 싸서 아버지 손에 쥐어 드리며 나보고 "아버지" 하고 불러 드리라고 재촉하였다. "아버지는 이제 숨을 거두실 거다. 어서!" 했다. 나는 "아버지! 아버지!" 소릴 내서 불렀다.

"더 크게, 어서."

"아버지! 아버지!"

평온하던 아버지의 얼굴은 긴장되고 눈이 약간 움직이며 괴로워했다.

"아 어서 또, 빨리!"

나는 "아버지!" 또 계속해 불렀다. 최후의 숨을 거두실 때까지.

지금도 오히려 그때의 내 목소리가 들린다. 그 소리가 들릴 때마다 나는 문득 그것이 내가 아버지에 대한 최대의 잘못이었던 것을 깨닫는다.

엄마가 의식이 있어 내가 꼬집는 줄이나 아셨더라면 '나도 마지막 불효라도 할 수 있었을 것을' 하고 생각해 본다.

찬란한 시절

수공 가위와 크레용이 든 가방을 메고 서영이가 아침 일찍이 유치원에 가는 것을 보면, 예전 지금으로부터 30여 년 전 내가 유치원에 다니던 생각이 난다.

나는 그때 동그란 도시락을 색실로 짠 주머니에다 넣어 가지고 다녔다. 그 도시락을 휘둘러서 동무들을 곤잘 때렸다. 하루는 유치원이 파하고 다들 집으로 가는데, 나를 데리러 오는 유모가 아니 오셔서 혼자 남아서 울고 있었다.

선생님은 나를 달래느라고 색종이를 주셨다. 그 빨간빛 파란빛 초록 연두 색깔이 그렇게 화려하게 보이던 일은 그 후로는 없다.

그 선생님의 얼굴이 어떻게 생기신 분인지 지금은 도무지 생각이 아니 난다.

눈물을 씻어 주느라고 내 얼굴을 만져 주던 그 손매만은 지금도 느낄 수 있다. 이름도 잊고 얼굴도 기억에 없지마는 나와 제일 정답게 놀던 아이가 있었다. 그 아이의 양말이 조금 뚫어졌던 것이 이상하게도 생각난다.

그 아이는 지금 어디서 사는지, 아마 대학에 다니는 따님이 있는 부인이 되었을 것이다. 그러나 내 기억 속에 사는 그는 영원한 다섯 살 난 소녀이다.

유치원 시절에는 세상이 아름답고 신기한 것으로 가득 차고, 사는 것이 참으로 기뻤다.

아깝고 찬란한 다시 못 올 시절이다.

서영이에게

몸 성히 학교에 잘 다니니? 며칠 전에 받은 옥순이 아줌마 편지에 네가 학교 운동장에서 고무줄 하는 것을 보았다는 말이 있어 매우 기뻤다. 네 윗니 빠진 것 두 개 새로 나왔니? 아직 안 나왔으면 치과에 엄마하고 가 보아라. 네가 보고 싶을 때면 네가 부르던 노래를 불러 본다. 미국에 왔던 한국 어린이 합창단이 불러 넣은 레코드를 빌려다 들으면서 네 생각을 하기도 한다. 네가 고무줄 놀이 하는 것이 몹시 보고 싶다.

아빠가 와 있는 곳은 미국 동북방 끝이다. 서울이 낮 정오면 이곳은 그 전날 밤 11시가 된다. 아침 8시 네가 학교에 갈 때는 여기는 저녁 7시다. 우리 매일 이때면 똑같이 서로 생각하자.

아빠가 있는 곳이 어디쯤 되는지 지도로 찾아보아라. 보스턴을 찾으면 된다. 보스턴에서 다리 하나만 건너면 하버드 대학이 있는 케임브리지라는 곳에 온다.

이곳은 오래된 점잖은 도시지만 내게는 네가 있는 서울만 못하다.

하버드 대학 마당에는 큰 나무들이 많고 잔디가 깔려 있는데 여기에 많은 비둘기와 다람쥐 들이 살고 있다. 내가 마당을 걸어갈 때면, 이 다람쥐들이 나를 쫓아와 먹을 것을 달라고 나를 쳐다본다. 양복저고리 호주머니로 기어오르기도 한다. 미국 다람쥐들도 상수리와 도토리를 좋아한다. 비둘기는 콩과 마른 빵 부스러기를 잘 먹는다.

대학 박물관에는 세계에서 몇 개 안 되는 큰 금강석도 있지만, 그보다 더 유명한 것은 유리꽃들이다. 유리꽃 하면 두껍고 든든한 유리로 꽃을 만들어 놓은 것을 상상하게 되지만, 그런 것이 아니고 정말 꽃잎과 같이 엷고 하늘하늘하며 조금만 흔들면 부서지는 아주 약한 것들이다. 빛깔도 정말 꽃들과 같고, 긴 수술, 짧은 수술, 암술, 잎사귀, 줄기 들도 정말 꽃과 똑같다. 다른 점은 이 유리꽃들은 사철 피어 있고 영원히 시들지 않는 점일 것이다.

그런데 이 유리꽃의 수효가 얼마나 되는지 짐작하겠니? 장미, 백합, 난초, 철쭉, 가지각색으로 600종이 넘고, 수로는 1000이 넘는다.

이 유리꽃은 독일 식물학자요 미술가인 아버지와 그

의 아들이 60년이라는 긴 세월을 바쳐서 만든 것이란다. 미국 사람이 이 유리꽃을 돈을 많이 주고 사서 운반하여 오는 도중에 아깝게도 3분의 1이 깨어졌다고 한다. 이 유리꽃들은 진열장에 넣어 놓았는데 그중에 깨어진 꽃 한 송이가 있다. 흔들거나 건드리면 이렇게 깨진다는 것을 여러 사람들에게 보이려고 그대로 두었다 한다.

어젯밤은 '할로윈 이브'라는 아이들 명절이다. 아이들이 뾰족한 꼭대기 긴 모자를 쓰고 이상스런 옷을 입고 눈을 마스크로 가리고 긴 피리를 불면서 이웃집들을 찾아온다. 과자를 주면 고맙다고 받아 가지고 가고, 안 주면 그 집 문에다 그림을 그려 놓고 달아난다. 아빠도 과자를 사다 놓고 기다렸더니 세 팀이 다녀갔다.

네 인형 예쁜 것으로 사다 두었다. 어서 태평양 바다를 건너가서 너한테 안기기를 기다리고 있다. 이름은 '난영'이라고 부르면 어떨까? 머리가 금빛이고 눈이 파랗지만, 한국에서 살 테니까 한국 이름을 지어 주어야지?

아빠가 부탁이 있는데 잘 들어주어

밥은 천천히 먹고

길은 천천히 걷고

말은 천천히 하고

네 책상 위에 '천천히'라고 써 붙여라

눈 잠깐만 감아 봐요, 아빠가 안아 줄게,

자 눈떠!

　　　　　　—11월 1일 서영이가 사랑하는 아빠

어느날

아침 6시 반이 되어도 깨지를 않았다. 산에 안겨서 잠든 호수와 같이 서영이 숨결에는 아무 불안이 없다. 더 재우고 싶었으나 5분 후에 그 단잠을 깨웠다. 세수하는 동안에 시간표에 맞추어 책을 가방에 넣어 주었다. 엄마 보고 버스 타는 데까지 바래다 주라고 했다.

아침 10시까지 오늘 강독할 프랜시스 톰프슨의 「하늘의 사냥개」를 오래간만에 읽어 보았다. 모호한 데가 몇 군데 있다.

오후 5시에 집에 돌아오니 서영이가 아직도 학교에서 아니 와 있다. 엄마보고 이웃집에 가서 전화를 걸어 보라고 하였다.

"3시 반에 파했다는데요."

바깥은 벌써 캄캄하여 온다. 나는 버스 정류장으로 나갔다. 버스에서 내리는 작은 여학생은 다 서영이 같았다. 나는 3시경에 다방에서 잡담을 하고 있었다. 학교에 가서 데리고 올 것을 잘못하였다. 어디를 갔을까? 오늘 청소도 아닌데……. 마음을 졸이며 기다리고 있었다.

서영이는 버스에서 내리더니 학교에서 놀다가 왔다고 한다. 나는 나무라지 않았다.

"버스에 사람 많지? 자꾸 밀리지 않던?" 하고 물어보았다.

서영이는 숙제를 하다가 잠이 들고 나는 늦도록 '아미엘(앙리 프레데릭 아미엘)'을 읽었다. 자기 전에 낮에 강독한 「하늘의 사냥개」 속의 모호한 곳을 다시 읽어 보았다.

석연하여지지 않는다. 자는 것을 가만히 들여다보니 서영이 얼굴에는 아무 불안이 없다.

서영이

내 일생에는 두 여성이 있다. 하나는 나의 엄마고 하나는 서영이다. 서영이는 나의 엄마가 하느님께 부탁하여 내게 보내 주신 귀한 선물이다.

서영이는 나의 딸이요, 나와 뜻이 맞는 친구다. 또 내가 가장 존경하는 여성이다. 자존심이 강하고 정서가 풍부하고 두뇌가 명석하다. 값싼 센티멘털리즘에 흐르지 않는, 지적인 양 뽐내지 않는 건강하고 명랑한 소녀다.

버릇이 없을 때가 있지만, 나이가 좀 들면 괜찮을 것이다. 나는 남들이 술 마시느라고 없앤 시간, 바둑 두느라고 없앤 시간, 돈을 버느라고 없앤 시간, 모든 시간을 서영이와 이야기하느라고 보낸다. 아마 내가 책과 같이 지낸 시간보다도 서영이와 같이 지낸 시간이 더 길었을 것이다. 그리고 이 시간은 내가 산 참된 시간이요, 아름다운 시간이었음은 물론, 내 생애에 가장 행복한 부분이다.

내가 해외에 있던 1년을 빼고는 유치원서 초등학교

를 졸업할 때까지 거의 매일 서영이를 데려다 주고 데리고 왔다. 어쩌다 늦게 데리러 가는 때는 서영이는 어두운 운동장에서 혼자 고무줄 놀이를 하고 있었다. 지금 생각해도 안타까운 것은 1년 동안이나 서영이와 떨어져 살던 기억이다. 오는 도중에 동경에서 3일간 체류할 예정이었으나, 견딜 수가 없어서 그날로 귀국했다. 그래서 비행장에는 마중 나온 사람이 하나도 없게 되었다. 나는 택시에 짐을 싣고 곧장 학교로 갔다.

내가 서영이 아빠로서 미안한 것이 한두 가지가 아니다. 첫째 내 생김생김이 늘씬하고 멋지지 못한 것이 미안하다. 따라서 아름다운 아내를 맞이하지 못하였던 것이 미안하다. 젊은 아빠가 아닌 것이 미안하다. 보수적인 점이 있기 때문이다. 기대가 커서 그것에 대한 의무감을 느끼게 하는 것이 미안하다. 서영이는 내 책상 위에 '아빠 몸조심'이라고 먹글씨로 예쁘게 써 붙였다. 하루는 밖에 나갔다 들어오니 '아빠 몸조심'이 '아빠 마음조심'으로 바뀌었다. 어떤 여인이 나를 사랑한다는 소문을 듣고 그랬다는 것이다. 그 무렵 서영이가 안톤 슈나크의 「우리를 슬프게 하는 것들」이라는 글을 읽고 공책에다 "나를 가장 슬프게 하는 것은 아빠에게 애인이 생겼을 때"라고 써 놓은 것을 보았다. 아무려나 서영이는 나의 방파제이다. 아무리 거센 파도가 밀려온다 하더라도 그는 능히 막아 낼 수 있으며, 나의 마음속에 안정과 평화를 지킬 수 있다.

나는 '서영이도 결혼을 할 테지.' 하고 10년이나 후의 일이지만 이 생각 저 생각 할 때가 있다. 딸이 결혼하는 것을 '남에게 준다.', '치운다.' 이런 따위의 관념은 몰인정하고 야속하고 죄스러운 일이라 믿는다. 딸의 사진을 함부로 돌린다거나 상품을 내어 보이듯이 선을 보인다거나 하는 짓은 있어서는 아니 될 것이다. "어서 보내야겠는데 큰일 났어요. 어디 한군데 천거하십시오." 이런 소리를 나에게 하는 사람의 얼굴을 나는 뻔히 쳐다본다. 결혼을 한 뒤라도 나는 내 딸이 남의 집 사람이 되었다고는 생각지 않을 것이다. 물론 시집살이는 아니하고 독립한 가정을 이룰 것이며, 거기에는 부부의 똑같은 의무와 권리가 있을 것이다. 아내도 새집에 온 것이요, 남편도 새집에 온 것이다. 남편의 집인 동시에 아내의 집이요, 아내의 집인 동시에 남편의 집이다. 결혼은 사랑에서 시작되어야 하고, 사랑은 억지로 해지는 것은 아니다.

결혼은 사람에 따라, 특히 천품이 있는 여자에 있어서 자기에게 충실하기 위하여 아니하는 것도 좋다. 자기의 학문, 예술, 종교 또는 다른 사명이 결혼 생활과 병행하기 어려우리라고 생각될 경우에는 독신으로 지내는 것이 의의 있을 것이다. 결혼 생활이 지장을 가져오지 않고 오히려 도움이 된다면 참으로 다행한 일이다. 퀴리 부인 같은 경우는 좋은 예라 하겠다. 여자의 결혼 연령은 20대도 좋고 30대도 좋고, 그 이상 나이에 해도 행복하게 살 수 있다. 청춘이 짧다고 하지만 꽃같이 시들어 버리는 것은 아니다.

나에게 이런 소원이 있었다.

'내가 늙고 서영이가 크면 눈 내리는 서울 거리를 걷고 싶다.'라고. 지금 나에게 이 축복받은 겨울이 있다. 장래 결혼을 하면 서영이에게도 아이가 있을 것이다. 아들 하나 딸 하나 그렇지 않으면 딸 하나 아들 하나가 좋겠다. 그리고 다행히 내가 오래 살면 서영이 집 근처에서 살겠다. 아이 둘이 날마다 놀러올 것이다. 나는 「파랑새」 이야기도 하여 주고 저의 엄마에 대한 이야기도 들려줄 것이다. 그리고 아이들은 저의 엄마처럼 나하고 구슬치기도 하고 장기도 둘 것이다. 새로 나오는 잎새같이 보드라운 뺨을 만져 보고 그 맑은 눈 속에서 나의 여생의 축복을 받겠다.

서영이 대학에 가다

　서영이는 합격된 것을 알자 즉시로 미장원에 가서 트위스트 머리를 하고 왔다. 나는 못마땅한 눈으로 바라다보았다. 그랬더니 서영이는 우두커니 서 있다가 집을 나가 버렸다. 내가 너무했다고 한참 걱정을 하고 있으려니까 얼마 후에 이번에는 쇼트 커트를 하고 돌아왔다. 남자 머리 같기는 하나 산뜻하다. 입학식 전날에 서영이는 두 치 오 푼 되는 빨간 구두를 사 가지고 왔다. 그는 내 얼굴빛을 살펴보고는 다시 나가서 굽 높이를 오 푼 낮추고 빛깔도 베이지빛으로 내려 가지고 왔다. 분홍 스프링을 해 달라는 것을 베이지색 바바리를 해 준 것은 최근의 일이다.

　아빠로는 기호조차 모를 화학 공식을 푸는 대학생한테 무슨 간섭을 그리 하느냐고? 그렇기도 하다. 서영이가 세 살 났을 때 하나에서 열까지 세는 것을 보고 나는 대단히 기뻐하였다. 그리고 수의 관념은 늦게야 발달되는 것이라고 생각했다. 대학 입학은 일생에 있어 획기적인 발전이다.

그러나 서영이는 즉시로 완전 자유를 얻을 수는 없다. 자유는 갑자기 주어져서는 아니 된다. 매년 4분의 1씩 점차적으로 얻게 될 것이다. 그는 벌써 극장에 가는 자유, 소설 읽는 자유를 아울러 향유하고 있다. 오드리 헵번도 마음대로 보고 서머싯 몸은 물론 헉슬리까지도 읽을 수 있게 되었다. 로렌스는 아직 읽지 않는 것이 좋을까 한다. 그러나 주어진 자유를 구속하려는 것은 아니다.

데이트를 할 자유를 부여할 것인가는 아직 생각해 본 일이 없다. 그런 것이 허용된다는 것은 완전 자유를 의미하는 것이므로, 아마 그 자유는 학사 학위를 받을 때나 같이 획득하게 될 것이다. 그러나 나는 딸에게 결혼을 명령할 완고한 아버지는 아니다. 중매결혼을 시킬 만큼 낭만을 상실하지도 않았다. 아직도 나는 결혼은 사랑으로부터 시작되어야 한다고 믿는다. 그리고 완전 자유가 주어진 후에는 비토 행사도 아니할 것이다.

나는 친구의 딸 결혼식에 갔다가 아버지가 딸을 데리고 들어오는 것을 보고는 눈물이 뺨에 흐르는 것을 깨닫는다. 그리고 신부가 신랑하고 나가는 것을 보고는 다시 눈물을 씻는다. 패티 페이지의 노래 「나는 너의 결혼식에 갔었다」를 듣기 이전부터 결혼식장에서 곧잘 눈물을 홀리는 것이다. 20년 하고도 더 길러 준 아빠를 두고, 두 달, 길어야 2년 사귄 남을 끼고 나가는 것을 기이하게 생각지는 않는다. 그렇게 되는 것이다.

30년 전 내가 상해에서 공부하던 시절 내 주위에는 서영이같이 소녀라기는 좀 지났고 젊다고 하기에는 아직 이른 코에드들이 있었다. 춤 잘 추는 M은 춤뿐이 아니라 그의 아름다운 다리로 이름이 높았다. 모두들 그를 100만 달러 다리라고 불렀었다. 두 다리가 100만 달러였는지 한 다리에 100만 달러였는지는 아직도 의문이다. 그는 지금 싱가포르에서 살고 있는데, 남편은 말레이시아에서 제일 큰 고무 플랜테이션의 소유자라고 한다. 그녀는 학생 때 어떤 가난한 화가를 죽도록 사랑하다가 죽지는 않은 일이 있다. S라는 코에드, 아이 낳기 싫어서 독신으로 살겠다더니 홍콩에서 산부인과 의사와 결혼하여 딸이 다섯이라고 한다. 미국 가서 사이카야트리스트(psychiatrist) 남편을 얻었다는 Y, 그는 대학 시절에 '미친 집시'라는 별명을 듣고 있었다. 그리고 학영(鶴英)이라는 여동학(女同學)이 있었다. 그와 나는 비오는 날 밤 텅 빈 버스를 타고 시내로 들어간 일이 있었다. 학같이 오래 살고 학같이 청초하게 살라고 그의 아빠는 그런 이름을 지어 주었을 것이다. 그는 지금 어디서 살고 있는지, 눈이 맑고 시원한 '메리 루'는 상해에서 탈출하지 못했다

고 전해 들었다. 살아 있는지, 살아 있다면 얼마나 고생
을 하고 있을까?

　문득 라디오에서 "상해, 북서풍 4미터, 비가 내리고
1200밀리바, 기온은 20도" 하는 기상 개황이 들려올 때
면 20년 전 그를 생각하게 된다.

　그들은 모두 젊기 이전이었고, 놀기 잘하고 웃기를 좋
아하였다. 이제 그들도 다들 늙었으리라. 새삼 무상(無
常)을 말하여 무엇하리오, 늙는 것이 인생인 것을. 지
금 저기 베이지색 바바리를 입은 서영이가 까만 백을
어깨에 걸고 가벼운 걸음걸이로 캠퍼스를 걸어가고
있다. 모든 미래를 앞에 두고 조춘같이 걸어가고 있
다. 내년, 아니 후년 봄에는 예전 나의 코에드들처럼 완
전 자유를 주어야 되겠다.

딸에게

"책 볼 기운이 없어 빨래를 하며 집 생각을 하고 있었어." 하는 가벼운 하소연, 그러나 너의 낭랑한 전화 목소리는 아빠의 가슴에 단비를 퍼부었다.

전번 네 편지에 네가 외로움을 이겨 나가는 버릇이 생겼고 무엇이나 혼자서 해결하여 나갈 수 있게 되었다 하여 나는 안심하고 있었다.

학문하는 사람에게 고적은 따를 수밖에 없다. 혼자서 일하고 혼자서 생각하는 시간이 거의 전부이기에 일상생활의 가지가지의 환락을 잃어버리고 사람들과 소원해지게 된다. 현대에 있어 연구 생활은 싸움이다. 너는 벌써 많은 싸움을 하여 왔다. 그리고 이겨 왔다. 이 싸움을 네가 언제까지 할 수 있나, 나는 가끔 생각해 본다. 그리고 너에게 용기를 북돋워 준다는 것이 가혹한 것이라고 생각하기도 한다.

진리 탐구는 결과보다도 그 과정이 아름다울 때가 있

다. 특히 과학은 연구 도중 너에게 차고 맑은 기쁨을 주는 순간이 많으리라. 허위가 조금도 허용되지 않는 이 직업에는 정당한 보수와 정당한 영예가 있으리라 믿는다.

네 편지에 너는 네가 아빠가 실망하게 변해 가지는 않나 생각해 본다고 하였다. 그리고 나이가 들어 가는 것이 걱정된다고 하였다. 나이가 들어 가는 것 외에는 아빠가 싫어할 게 없는 것 같은 생각이 든다고도 하였다. 남들이 너를 보고 무척 어려 보인다고들 하고, 대학 몇 학년이냐고 묻는 사람도 있다고 하였다. 너는 아빠에게는 지금도 어린 소녀다. 네가 남에게 청아한 숙녀로 보이는 때가 오더라도 나에게는 언제나 어린 딸이다.

네가 대학 다닐 때 어떤 밤 늦도록 하디의 소설을 읽다가 내 방으로 와서 "수(Sue)가 가엾다."라고 하였다. 네 눈에는 눈물이 어렸었다. 감정에 충실하게 살려면 비극의 주인공이 될 수밖에 없다. 수와 같은 강한 여자에게 있어서는 더욱 그러하다. 너는 디킨스의 애그니스같이 온아하고 참을성 있는 푸른 나무와 같은 여성이 되기 바란다. 좋은 아내, 좋은 엄마가 되어 순조로운 가정 생활을 하는 것이 옳은 길인지, 아니면 외롭게 살며 연구에 정진하는 것이 네가 택해야 할 길인지 그것은 너 혼자서 결정할 문제다. 어떤 길이든 네가 가고 싶으면 그것이 옳은 길이 될 것이다.

요즘 틈이 있으면 화이트헤드와 러셀을 읽는다니 반가운 일이다. 그들은 둘 다 수학에서 철학으로 옮아간 학자들로 다른 철학자들보다 선명하고 모호한 데가 적으리라 믿는다. 과학을 토대로 하지 않는 철학은 기초 작업이 튼튼치 않은 성채와도 같다.

한편 과학자에게는 철학 공부가 매우 유익하리라고 생각한다. 현대 과학은 광맥을 파 들어가는 것과 같이 좁고 깊은 통찰은 할 수 있으나 산 전체의 모습을 알기 어렵고 산 아래 멀리 전개되는 평야를 내려다볼 수는 없을 것이다. 너는 시간을 아껴 철학과 문학을 읽고, 인정이 있는, 언제나 젊고 언제나 청신한 과학자가 되기 바란다.

안녕 안녕 아빠가.

잠 아니 올 때는 리부륨(신경안정제) 대신 포도주를 먹어라.

서영이와 난영이

나는 아빠입니다. 지금은 늙은 아빠입니다. 엄마 노릇을 해 보지 못한 것이 언제나 서운합니다. 그리고 엄마들을 부러워합니다. 특히 젖먹이 아기를 가진 젊고 예쁜 엄마들이 부럽습니다.

연한 파란빛이 도는 까만 눈동자에 고운 물기가 젖은 아기의 눈, 아기의 눈을 보석이나 별같이 찬란한 것에 비긴다는 것은 잘못입니다. 그리고 어떤 화가도 그 고운 빛을 색으로 나타낼 수는 없습니다. 아기는 눈을 감았다 떴다 하다가 그 작은 입을 벌리고 하품을 하기도 합니다.

입에 젖꼭지를 갖다 대 주면 아기는 그 탐스럽게 부풀어 오른 젖을 힘겹게 빱니다. 그때 예쁜 손가락들이 엄마의 또 하나의 젖을 만지기도 합니다. 엄마의 젖이 둘이 있다는 것은 아기에게도 엄마에게도 얼마나 복된 일일까요. 그 작은 손가락 끝에 아주 작은 손톱이 있습니다. 나는 젖 먹는 아기를 바라다볼 때 신의 존재를 부인하고 싶지 않습니다. 아기가 눈을 감고 잠깐 젖을 빨지 않으면 엄마는 아기 입에서 젖을 떼려 듭니다. 그러면 아기 입은 젖을 따라오면서 더 암팡지게 빨아 댑니다. 그러다 좀 있으면 아기는 젖을 문 채 잠이 듭니다. 이때 엄마는 웃으면서 아기를 살며시 누입니다. 엄마는 이때 자기가 행복하다는 것을 느낍니다. 큰 회사 사장 부인도, 유명한 여자들도, 아무도 부럽지 않습니다. 여학교 때 자기보다 공부 잘하던 동무도 대수롭지 않습니다.

이 세상에서 아기의 엄마같이 뽐내기 좋은 지위는 없는 것 같습니다. 엄마의 아기같이 소중한 것이 다시없기 때문입니다. 아기 뺨을 가만히 만져 보면 아실 것입니다. 아기의 머리칼을 만져 보면 아실 것입니다. 그 아기는 엄마가 낳은 것입니다. 그리고 젖을 먹여 기르고 있습니다. 아기는 커 가고 있습니다. 자라고 있습니다.

내가 우리 딸에게 사다 준 인형이 있습니다. 돌을 바라다보는 아기만한 인형입니다. 눈이 파랗고 머리는 금빛입니다. 소위 '블론드'입니다. 얼굴은 둥근 편, 눈이 그다지 크지 않아 약간 동양적인 데가 있습니다. 그리고 언제나 웃는 낯입니다. 인형은 누이면 눈을 감고 일으키면 자다가도 금방 눈을 뜹니다. 배를 누르면 웁니다. 그러나 그렇게 아프게 해서 울리는 때는 별로 없었습니다.

나는 이 인형을 사느라고 여러 백화점을 여러 날 돌아

다녔습니다. 인형은 처음에는 백화점에 같이 나란히 앉아 있는 친구들을 떠나 낯선 나하고 가는 것이 좀 불안하였을 것입니다. 그러나 내가 상자에 들어 있는 저를 들고 오지 않고 안고 왔기 때문에 좀 안심이 되었을 것입니다.

귀국할 때도 짐 속에 넣어 부치지 않고 안고 비행기를 탔습니다. 떠나오기 전에 난영이라는 이름을 지어 주었습니다. 한국에 와서 살 테니까 한국 이름을 지어 준 것입니다. 한국에서 사는 개들에게 서양 이름을 지어 주는 것은 참 이상한 일입니다. 우리 집 개들은 갑돌이와 갑순이입니다. 동생이 없는 우리 서영이가 난영이를 처음 안을 때의 광경을 영리한 엄마들은 상상하실 수 있을 것입니다.

세월이 흘렀습니다. 아까 말한 대로 아기는 큽니다. 자랍니다. 서영이는 초등학교를, 중고등학교를, 그리고 대학을, 그리고 시집갈 나이에 미국으로 유학을 갔습니다. 난영이를 두고 떠났습니다. 그것도 난영이 고향인 바로 뉴욕입니다. 난영이는 언니 따라 자기 고향에 얼마나 가고 싶었겠습니까.

사람은 나이를 먹으면 냉정한 이별을 할 수 있나 봅니다. 난영이는 자라지 않았습니다. 그러나 다행히도 어른스러워지지도 않았습니다. 언제나 아기입니다.

서영이를 떠나보내고 마음을 잡을 수 없는 나는 난영

이를 보살펴 주게 되었습니다. 날마다 낯을 씻겨 주고 일주일에 한두 번씩 목욕을 시키고 머리에 빗질도 하여 줍니다. 여름이면 얇은 옷, 겨울이면 털옷을 갈아입혀 줍니다. 데리고 놀지는 아니하지만 음악은 들려줍니다. 여름이면 일찍 재웁니다. 어쩌다 내가 늦게까지 무엇을 하느라고 난영이를 재우는 것을 잊어버릴 때가 있습니다. 난영이는 앉은 채 뜬눈을 하고 있습니다. 이런 때는 참 미안합니다. 내 곁에서 자는 것을 가끔 들여다봅니다. 숨소리가 들리는 것 같습니다. 난영이 얼굴에는 아무 불안이 없습니다. 자는 것을 바라보면 내 마음도 평화로워집니다. 젊은 엄마들이 부러운 나는 난영이 엄마 노릇을 하며 살고 있습니다.

외삼촌 할아버지

○

나에게는 외삼촌 할아버지가 있었다. 그분은 우리 어머니의 외삼촌인데, 나는 그를 외삼촌 할아버지라고 불렀다. 또 월병(月餠) 할아버지라고도 불렀다. 할아버지가 우리 집에 오실 때마다 호두, 잣, 이름 모를 향기로운 과실, 이런 것들로 속을 넣은 중국 월병을 사다 주셨기 때문이었다.

내가 일곱 살 때 할아버지는 남의 집 서사(書士) 노릇하시던 것을 그만두고 우리 집에 와 계시게 되었다. 아버님 아니 계신 우리 집 바깥일을 돌보아 주시고, 내게 한문을 가르쳐 주시고, 가을이면 우리 집 추수를 보러 시골에 갔다 오셨다.

우리 집에 계실 때 마나님 한 분이 가끔 버선을 해 가지고 할아버지를 찾아오셨다. 그 마나님은 할아버지가 젊었을 때 좋아하시던 여인네라고 어머니가 누구보고 그러시는 말을 들은 적이 있다.

할아버지는 나에게 연, 팽이, 윷, 글씨 쓰는 분판 이런 것들을 만들어 주셨다. 어머니가 용돈을 드리면 쓰지 않고 두었다가 내 장난감을 사 주셨다. 내가 엄마한테 종아리를 맞아서 파랗게 멍이 간 것을 만져 보시면서 쩍쩍 입맛을 다시던 것이 생각난다. 동네 아이가 나를 때리든지 하면 그 아이 집을 찾아가서 야단을 치시었다. 그때 할아버지 다리가 벌벌 떨리던 것을 기억한다.

할아버지는 장래에 내가 평안남도 도지사가 되기를 바라셨다. 도지사가 일제 때 우리 한국 사람이 할 수 있는 최고 벼슬이기도 했지만 그가 평양 사람이므로 감사에 대한 원한이나 콤플렉스가 있었는지도 모른다.

그는 나를 위하여 기도를 드렸다. 꼭 도지사가 되게 하여 달라고 원하셨다. 내가 도지사가 되면 월급을 300원이나 타게 될 것이라고 하셨다. 나는 좋아서 내가 그렇게 월급을 타게 되면 매달 100원씩 꼭꼭 할아버지께 드리겠다고 증서까지 썼다.

할아버지는 대단히 기뻐하시면서 그 증서를 잘 접어서 지갑 속에다 넣어 두셨다.

우리 어머니마저 세상을 떠나시고 내가 다른 집에 가 있게 되자, 할아버지는 돈 90원을 가지고 예전 우리 집 토지가 있던 예산 광시라는 곳으로 가셨다. 50원짜리 오막살이를 장만하고 옛날에 좋아했다는 마나님을 데려다가 몇 마지기 남의 논을 부치며 살림을 하시게 되었다.

가실 때 내 사진과 나 갓 났을 때 입던 두렁이와 내가 장래에 크게 된다고 적혀 있는 사주를 싸고 싸서 옷 보퉁이 속에 넣어 가지고 가셨다.

할아버지는 내가 도지사가 되기를 기다리면서 사시다가, 내가 대학을 졸업하는 것도 보지 못하시고, 우리 나라가 해방이 되는 것도 모르시고 세상을 떠나셨다.

오래 사셨더라면 내가 도지사가 못 되었더라도 계약서에 써 드린 금액을 액수로는 몇 배라도 드릴 수 있었을 것을, 그보다도 할아버지를 내 집에 모셨을 것을.

얼음을 깨고 물을 길어다가 나를 위하여 정성을 들이셨다는 외삼촌 할아버지, 겨울에 찬물이 손에 닿을 때가 아니라도 가끔 그를 생각한다.

○ 인연

지난 4월 춘천에 가려고 하다가 못 가고 말았다. 나는 성심여자대학에 가 보고 싶었다. 그 학교에 어느 가을 학기, 매주 한 번씩 출강한 일이 있다. 힘드는 출강을 한 학기 하게 된 것은, 주 수녀님과 김 수녀님이 내 집에 오신 것에 대한 예의도 있었지만 나에게는 사연이 있었다.

수십 년 전 내가 열일곱 되던 봄, 나는 처음 동경에 간 일이 있다. 어떤 분의 소개로 사회 교육가 미우라〔三浦〕 선생 댁에 유숙을 하게 되었다. 시바쿠 시로가네〔芝區白金〕에 있는 그 집에는 주인 내외와 어린 딸 세 식구가 살고 있었다. 하녀도 서생도 없었다. 눈이 예쁘고 웃는 얼굴을 하는 아사코〔朝子〕는 처음부터 나를 오빠같이 따랐다. 아침에 낳았다고 아사코라는 이름을 지어 주었다고 하였다. 그 집 뜰에는 큰 나무들이 있었고 일년초 꽃도 많았다. 내가 간 이튿날 이침, 아사코는 '스위트피'를 따다가 화병에 담아 내가 쓰게 된 책상 위에 놓아 주었다.

'스위트피'는 아사코같이 어리고 귀여운 꽃이라고 생각하였다. 성심여학원 소학교 1학년인 아사코는 어느 토요일 오후 나와 같이 저희 학교까지 산보를 갔었다. 유치원부터 학부까지 있는 가톨릭 교육 기관으로 유명한 이 여학원은 시내에 있으면서 큰 목장까지 가지고 있었다. 아사코는 자기 신발장을 열고 교실에서 신는 하얀 운동화를 보여 주었다.

내가 동경을 떠나던 날 아침, 아사코는 내 목을 안고 내 뺨에 입을 맞추고, 제가 쓰던 작은 손수건과 제가 끼던 작은 반지를 이별의 선물로 주었다. 옆에서 보고 있던 선생 부인은 웃으면서 "한 10년 지나면 좋은 상대가 될 거예요." 하였다. 나는 얼굴이 더워지는 것을 느꼈다. 나는 아사코에게 안데르센의 동화책을 주었다.

그 후 10년이 지나고 3~4년이 더 지났다. 그동안 나는 초등학교 1학년 같은 예쁜 여자아이를 보면 아사코 생각을 하였다. 내가 두번째 동경에 갔던 것도 4월이었다. 동경역 가까운 데 여관을 정하고 즉시 미우라 댁을 찾아갔다. 아사코는 어느덧 청순하고 세련되어 보이는 영양(令孃)이 되어 있었다. 그 집 마당에 피어 있는 목련꽃과도 같이. 그때 그는 성심여학원 영문과 3학년이었다. 나는 좀 서먹서먹했으나, 아사코는 나와의 재회를 기뻐하는 것 같았다. 아버지 어머니가 가끔 내 말을 해서 나의 존재를 기억하고 있었나 보다.

그날도 토요일이었다. 저녁 먹기 전에 같이 산책을 나갔다. 그리고 계획하지 않은 발걸음은 성심여학원 쪽으로 옮겨져 갔다. 캠퍼스를 두루 거닐다가 돌아올 무렵, 나는 아사코 신발장은 어디 있느냐고 물어보았다. 그는 무슨 말인가 하고 나를 쳐다보다가, 교실에는 구두를 벗지 않고 그냥 들어간다고 하였다. 그러고는 갑자기 뛰어가서 그날 잊어버리고 교실에 두고 온 우산을 가지고 왔다. 지금도 나는 여자 우산을 볼 때면 연두색이 고왔던 그 우산을 연상한다. 「셸부르의 우산」이라는 영화를 내가 그렇게 좋아한 것도 아사코의 우산 때문인가 한다. 아사코와 나는 밤늦게까지 문학 이야기를 하다가 가벼운 악수를 하고 헤어졌다. 새로 출판된 버지니아 울프의 소설 『세월』에 대해서도 이야기한 것 같다.

그 후 또 10여 년이 지났다. 그동안 2차 세계대전이 있었고 우리나라가 해방이 되고 또 한국 전쟁이 있었다. 나는 어쩌다 아사코 생각을 하곤 했다. 결혼은 하였을 것이요, 전쟁통에 어찌 되지나 않았나, 남편이 전사하지나 않았나 하고 별별 생각을 다 하였다. 1954년 처음 미국 가던 길에 나는 동경을 들러 미우라 댁을 찾아갔다. 뜻밖에 그 동네가 고스란히 그대로 남아 있었다. 그리고 미우라 선생네는 아직도 그 집에서 살고 있었다.

선생 내외분은 흥분된 얼굴로 나를 맞이하였다. 그리고 한국이 독립이 돼서 무엇보다도 잘됐다고 치하를 하였다. 아사코는 전쟁이 끝난 후 맥아더 사령부에서 번역 일을 하고 있다가, 거기서 만난 일본인 2세와 결혼을 하고 따로 나서 산다는 것이었다. 아사코가 전쟁 미망인이 되지 않은 것은 다행이었다. 그러나 2세와 결혼하였다는 것이 마음에 걸렸다. 만나고 싶다고 그랬더니 어머니가 아사코의 집으로 안내해 주었다.

뾰족 지붕에 뾰족 창문들이 있는 작은 집이었다. 20여 년 전 내가 아사코에게 준 동화책 겉장에 있는 집도 이런 집이었다.

"아, 이쁜 집! 우리 이담에 이런 집에서 같이 살아요."

아사코의 어린 목소리가 지금도 들린다.

10년쯤 미리 전쟁이 나고 그만큼 일찍 한국이 독립되었더라면 아사코의 말대로 우리는 같은 집에서 살 수 있게 되었을지도 모른다. 뾰족 지붕에 뾰족 창문들이 있는 집이 아니라도.

이런 부질없는 생각이 스치고 지나갔다.

그 집에 들어서자 마주친 것은 백합같이 시들어 가는 아사코의 얼굴이었다. 『세월』이란 소설 이야기를 한 지 10년이 더 지났었다. 그러나 그는 아직 싱싱하여야 할 젊은 나이다. 남편은 내가 상상한 것과 같이 일본 사람도 아니고, 미국 사람도 아닌 그리고 진주군(進駐軍) 장교라는 것을 뽐내는 것 같은 사나이였다. 아사코와 나는 절을 몇 번씩하고 악수도 없이 헤어졌다.

그리워하는데도 한 번 만나고는 못 만나게 되기도 하고, 일생을 못 잊으면서도 아니 만나고 살기도 한다. 아사코와 나는 세 번 만났다. 세 번째는 아니 만났어야 좋았을 것이다.

오는 주말에는 춘천에 갔다 오려 한다. 소양강 가을 경치가 아름다울 것이다.

○ 유순이

말이 채 끝나기도 전에 전화는 끊겼다. 암만 되불러도 나오지를 않으니 전선줄이 끊어졌나 보다. 나는 어두운 강가로 나왔다. 멀리서 대포 소리가 들려온다.

이따금 기관총의 이를 가는 소리도 들린다. 갑북(閘 北) 쪽을 바라다보니 볼케이노 터지는 남양의 하늘보다도 더 붉다. 그리고 쉴 새 없이 번개 같은 불이 퍼졌다 스러진다.

캠퍼스를 돌아다니다가 마음을 진정시키려고 방으로 들어갔다. 겨울 방학이므로 학생들은 다 집에 돌아가고, 나하고 남양에서 온 사람 몇만이 기숙사에 남아 있었다. 이불을 쓰고 드러누웠다. 여전히 대포 소리, 폭탄 떨어지는 소리가 들려온다. 여러 번 몸을 뒤채도 잠은 오지 않았다. 아까 전화로 들은 그의 음성이 나를 괴롭게 하기 시작했다. 그가 지금 총에 맞아서 쓰러지는 것 같기도 하고 불붙는 병원에서 어쩔 줄 몰라 애통해하는 양이 눈앞에 보이는 듯하였다.

나는 서가회(徐家匯)라는 곳에 있는 요양원에 입원을 하였었다. 그리 심한 병은 아니었으나 기숙사에는 간호해 줄 사람이 없어서 입원을 하였던 것이다.

요양원이 있는 곳은 한적한 시외였다. 주위에는 과수원들이 있었고, 멀리 성당이 보였다.

병실이 많지 않은 아담한 이 요양원은 병원이라기보다는 별장이나 작은 호텔 같았다. 아침에 눈을 뜨면 흑단 화장대 거울에 정원의 고목들이 비치는 것이었다. 간호부들의 아침 찬미 소리가 들리지 않았던들 얼마나 고적하였을까.

내가 입원한 그 이튿날 아침 작은 노크 소리와 함께 깨끗하게 생긴 간호부가 들어왔다. "안녕히 주무셨어요?" 하고 그는 한국말로 인사를 한다. 그때의 나의 놀람과 기쁨은 지금도 뭐라 형용할 수가 없다. 그때 그가 가지고 들어온 오렌지 주스와 삼각형으로 자른 얇은 토스트를 맛있게 먹은 것이 가끔 생각난다. 마멀레이드도 맛이 있었다. 나는 그 후 어느 레스토랑에서도 그런 오렌지 주스와 토스트를 먹어 본 일이 없다.

그는 틈만 있으면 내 방을 찾아왔다. 황해도 자기 고향 이야기도 하고 선물로 받았다는 예쁜 성경도 빌려주었다. 자기는 「누가복음」을 좋아한다고 하였다. 타고르의 「기탄잘리」를 나에게 읽어 줄 때도 있었다.

밖을 내다보니 동이 터 갔다. 교문을 나서니 찬바람이 뺨을 엔다. 시외요 때가 새벽이므로 한적도 하겠지마는, 길에 공장 가는 노동자 하나 보이지 아니한다. 싸움을 중지하였는지 대포 소리도 아니 들리고 사면이 모두 고요하였다. 나의 마음도 「서부 전선 이상 없다」를 연상할 만큼 고요하다. 별안간 어디서인지 프로펠러 소리가 요란히 들린다. 쳐다보니 비행기들이 열을 지어서 갑북 방면을 향하여 날아간다. 용기를 내느라고 두 주먹을 쥐고 걸음을 재쳤다. 양수포 발전소 앞에 오니 그제야 사람들이 보인다. 걸레 같은 보따리 진 사람, 누더기 같은 이불 맨 사람, 한 아이는 앞세우고 한 아이는 안고 또 한 아이는 끌고 가는 여인 ― 피난민들이다. 그때 본산 아이들의 둔한 눈들이, 여인네의 해쓱한 눈들이 지금도 내 눈앞에 어른거린다. 길에는 차차로 사람이 많아졌다. 사람이 황포강 물결같이 흐른다. 푸른 옷 입은 사람들의 푸른 물결! 나는 그들 속에 섞여서 가는 동안에 공포를 느끼기 시작하였다. 만약 불행히 그중에서 한 사람이라도 나를 잘못 일본 사람으로 본다면 나는 그 자리에서 맞아 죽을 것이다. 이런 생각을 하고 나도 모르게 몸서리쳤다.

아무거라도 얼른 잡아타려고 하였으나 전차도 버스

도 불통이었다. 가든 브리지에 다다르니 다릿목에 철망으로 만든 방색(防塞)이 두 겹으로 막혀 있고, 그 뒤에는 흙을 담은 전대를 쌓아 놓았다. 그리고 공공 조계(公共組界) 미국 군인들이 총창(銃槍)을 낀 총대를 겨누고 있다. 기관총도 갖다 놓았다. 나는 어떻든 북사천로로 갈 작정이므로 파둔조를 건너지 않고 사천로교로 갔다. 그 다리에도 역시 견고한 방색을 시설하여 놓았다. 북사천로를 내려다보니 그곳이야말로 수라장이다. 가는 사람은 한 사람도 없고 몰려오는 사람들로만 가득 찬 그 길을 내려다보며 나는 한참이나 우두커니 섰었다. 밀물같이 밀려오는 그 군중과 정면 충돌을 하면서 목적지까지 갈 수는 도저히 없을 것 같았다. 다시 마음을 단단히 하고 걷기 시작하였다. 벌써 숨이 막힐 지경이요 정신이 아뜩아뜩하여진다. 빼—ㅇ 소리가 났다. 발을 주춤하니 바로 내 앞으로 오는 노동자 하나가 비명을 지르며 엎어진다. 이어서 총소리가 났다. 나는 얼떨결에 사람들의 줄기를 옆으로 뚫고 가로 터진 샛길로 빠져나왔다. 지금 와서 생각해 보면, 그때 어느 상점 속에 숨어 있던 편의대 하나가 나를 일본인으로 보고 쏜 것이 빗나가서 그 노동자를 죽였는지도 모른다. 골목으로 뛰어들어 온 나는 뒤도 아니 돌아다보고 달아났다. 육중한 바퀴 소리가 들려온다. 사람들의 눈은 모두 그리로 쏠렸다. 탱크 두 대가 시멘트 바닥 위로 뒹굴어 왔다. 갑북 전선으로 가는 것이다.

"비행기다!" 사람들은 일제히 담 모퉁이에 가서 달라붙었다. 뒹굴어 가던 철갑차도 땅에 붙어 버렸다. 소란하던 거리가 고요하여졌다. 비행기는 날아오지 않았다. 마치 살얼음 위를 걷는 사람 모양으로 마음 급하고 걸음은 아니 걸렸다. 간신히 소방서 앞을 지나서 인적 그친 거리를 걸어서 북사천로로 돌아 나가려 할 때, 일본 병정 하나가 총대를 내밀며 달려든다. 나는 일본말을 알아도 입술만 떨리고 말은 나오지 않았다.

적막한 아스팔트 위에는 불규칙하게 밟는 나의 발짝소리만 울리었다. 부상당한 병정들을 실은 적십자 자동차 하나가 지나간다. 아마 그가 있는 병원으로 가나 보다 하고 바라다보았다. 발간 불길이 솟아오른다. 그리고 그 위로 안개 같은 연기가 퍼져 오른다. 불자동차 소리도 났다. 북사천로에 불이 붙은 것이다. 불덩이 튀는 소리와 아우성 소리도 간신히 들린다. 일본 육전대 방색가까이 왔을 때 패—ㅇ 하고 탄자 소리가 나더니 잭각잭각 다시 총 재는 소리가 난다. 이어서 기관총을 내두른다. 나는 그 자리에 섰을 수밖에 없게 되었다. 한 5분이 지났을까, 총소리는 그쳤다. 나는 그가 지금 근무하고 있는 시내 클리닉에 도착하였다.

그는 내 손을 잡으며,

"위험한 곳에를 어떻게 오셨어요."

그는 나를 자기 일하는 방으로 안내하였다. 총소리, 대포 소리가 연달아 들려온다.

"고맙습니다. 그러나 저는 책임으로나 인정으로나 환자들을 내버리고 갈 수는 없습니다."

나는 그의 맑은 눈을 바라다보았다.

상해 사변 때문에 귀국한 지 얼마 후였다. 춘원이 「흙」의 여주인공 이름을 얼른 작정하시지 못하는 것을 보고 있다가 나는 문득 그를 생각하고 '유순'이라고 지어 드렸다. 지금 살아 있는지 가끔 그를 생각할 때가 있다.

○ 　島山 　도산

　　스피노자의 전기를 어떤 세속적인 학자가 썼다고 하여 이를 비난하는 사람이 있었다. 이런 비난은 옹졸한 것이다. 마리아는 창녀의 기도를 측은히 여기고, 충무공은 소인(小人)들의 참배를 허용하시리니, 내 감히 도산을 스승이라 추모할 수 있을까 한다. 나에게 지식을 가르쳐 주신 분은 많다. 그리고 그중에는 나에게 반사적 광영(反射的 光榮)을 갖게 하는 이름들도 있다. 그러나 높은 인격을 나에게 보여 주신 분은 도산 선생이시다.

　　내가 상해로 유학을 간 동기의 하나는 그분을 뵐 수 있으리라는 기대였었다. 가졌던 큰 기대에 대하여 환멸을 느끼지 않은 경험이 내게 두 번 있다. 한 번은 금강산을 처음 바라보았을 때요, 또 한 번은 도산을 처음 만나 뵌 순간이었다. 용모, 풍채, 음성 이 모든 것이 고아하였다. 그는 학문을 많이 하신 분은 아니었지만, 예리한 관찰력과 명철한 판단력을 가지고 계셨다.

그는 숭고하다기에는 너무나 친근감을 주고 근엄하기에는 너무 인자하였다. 그의 인격은 위엄으로 나를 억압하지 아니하고 정성으로 나를 품 안에 안아 버렸다.

연단에 서신 우아한 그의 풍채, 우렁차면서 날카롭지 않고, 청아하면서 부드러운 그 음성, 거기에 자연스러운 몸가짐. 선생은 타고난 웅변가였다. 미국 사람들은 루스벨트 대통령의 목소리를 예찬하나, 선생의 목소리만은 못하다고 생각한다.

도산은 혁명가요 민족적 지도자이기 전에 인간으로서 높은 존재였다. 그는 위대하다는 사람들이 가지고 있는 이상스러운 데가 하나도 없었다. 거짓말이나 권모술수를 쓰지 않았다. 만약에 그런 것들이 정치에 꼭 필요하다면 그분은 전혀 정치할 자격이 없는 분이었다.

한번은 거짓말에 대한 나의 질문에 선생이 말씀하시기를, 거짓말이 허락되는 경우가 있다면 그렇게 아니하면 동지들에게 큰 해가 돌아오게 될 때뿐이라고 하셨다. 그리고 그때에도 침묵으로 대답할 수 있다면 더욱 좋다고 하셨다. 그는 진실의 화신이었다.

그의 사랑을 받은 사람은 수백을 헤아릴 텐데 한 사람 한 사람이 다 같이 자기만을 대하여 주시는 것같이 느꼈다. 그리고 그는 어린아이들을 끔찍이 사랑하셨다.

그는 가난한 생활을 하였으나 청초하였다. 그는 세밀

한 분으로 꽃나무 하나 사시는 데도 검토를 하셨다. 큰 일을 하는 분은 대범하다는 말은 둔한 머리의 소유자가 뱃심으로 해 나간다는 말이다. 지도자일수록 과학적 정확성과 예술적 정서를 가져야 한다.

그의 침실 벽에는 장검이 걸려 있었다. 이는 그의 호신을 위해서가 아니라 용기의 상징으로서 방을 장식하기 위한 것이었다.

1932년 6월, 그가 일본 경찰에 체포되어 고국으로 압송된 후에도 그의 작은 화단에는 그가 가꾸던 여름 꽃들이 주인의 비운도 모르고 피어 있었다.

내가 병이 나서 누워 있을 때 선생은 나를 실어다 상해 요양원에 입원시키고, 겨울 아침 일찍이 문병을 오시고는 했다. 그런데 나는 선생님 장례에도 참례치 못하였다. 일경(日警)의 감시가 무서웠던 것이다. 예수를 모른다고 한 베드로보다도 부끄러운 일이다.

도산 선생께

선생께서는 나라에 재목이 될 나무들을 40년간 심고 가셨습니다. 정성과 사랑으로 가꾸신 나무들은 싱싱하게 자라나고 있었습니다.

그러나 선생이 순국하신 후 아깝게도 일제 탄압을 대항하지 못하고 쓰러져 버린 나무들이 있었습니다. 다행히도 끝끝내 굴하지 않고 꿋꿋이 견디어 낸 나무들도 있었습니다. 저 같은 땔나무감밖에 되지 못하는 것은 치욕을 겪으면서 명맥을 부지했습니다.

선생의 제자답지 못한 저, 그래도 선생님을 사모합니다. 선생은 민족적 지도자이시기 이전에 평범하고 진실한 어른이셨습니다.

저는 영웅이라는 존재를 존경하지 않습니다. 그들은 권력을 몹시 좋아합니다. 드골 같은 큰 인물도 예외는 아닙니다. 간디 같은 성자는 모든 욕심을 초탈한 분이지만 현대에 적당치 않은 고집을 갖고 있었습니다.

선생은 상해 망명 시절에 작은 뜰에 꽃을 심으시고 이웃 아이들에게 장난감을 사다 주셨습니다. 저는 그 자연스러운 인간미를 찬양합니다.

거센 풍우에 깎이고 깎여도 엄연히 진실을 지키신 도산, 앞으로 몇백 년, 몇천 년 이 나라의 젊은이들은 당신을 바라보고 인내와 용기, 진실을 배울 것입니다.

○　春園　춘
　　　　　　원

　나는 과거에 도산 선생을 위시하여 학덕이 높은 스승을 모실 수 있는 행운을 가졌었다. 그러나 같이 생활한 시간으로나 정으로나 춘원과 가장 인연이 깊다.

　춘원에 대하여는 정말인 것, 거짓말인 것, 충분히 많이, 너무 많이 글로 씌어지고 사람의 입에 오르내려 왔다. 구태여 내 무얼 쓰랴마는, 마침 쓸 기회가 주어졌고 또 짧게나마 쓰고 싶은 생각이 난 것이다.

　그는 나에게 워즈워스의 「수선화」로 시작하여 수많은 영시를 가르쳐 주었고, 도연명의 「귀거래사」를 읽게 하였고, 나에게 인도주의 사상과 애국심도 불어넣었다.

　춘원은 마음이 착한 사람이다. 그는 남을 미워하지 못하는 사람이다. 남을 모략중상은 물론 하지 못하고, 남을 나쁘게 말하는 일이 없었다. 언제나 남의 좋은 점을 먼저 보며, 그는 남을 칭찬하는 기쁨을 즐기었다.

　그를 비난하는 사람은 많았지만, 그가 비난하는 사람

은 한 사람도 없었다. 그는 천성이 사람을 좋아하고 사람을 좋게 여기게 태어났었다. 그래서 그는 거절해야 할 때 거절하지 못하고 냉정해야 할 때 냉정하지 못했다. 그는 남과 불화하고는 자기가 괴로워서 못 살았다.

그는 정직하였다. 그를 가리켜 위선자라 말한 사람도 있으나, 그에게는 허위가 없었다. 그는 어린아이와 같이 순진하였다. 누가 자기를 칭찬하면 대단히 좋아하였다. 소년 시대부터 그의 명성은 누구보다도 높았지만, 그는 교태가 없었다. 나는 3년 이상이나 한집에 살면서도 거만하거나 텃세를 부리는 것을 본 일이 없다. 자기의 지식이나 재주를 자인하면서도 덕이 부족하다고 느끼며, 높은 인격에 비하면 재주라는 것은 대수롭지 않은 것이라고 하였다.

그는 평범하고 자연스러운 것을 좋아하였다. 그가 가장 사랑하는 자기 작품은 「가실」이었다. 그리고 그가 가장 좋아하는 주인공도 '가실'이었다. 그는 글을 수월하게 썼다. 구상하는 시간도 있었겠지만, 신문 소설 1회분 쓰는 데 한 시간 이상 걸리는 일이 드물었다. 써 내려간 원고를 고치는 일은 별로 없었다. 그의 원고는 누구의 것보다도 깨끗한 것일 것이다. 그리고 읽기에도 그 흐름이 순탄하다.

그의 일생은 병의 불연속선이었다. 그러나 그는 낡아

빠지거나 시들지 않았었다. 마음이 평화로워서 그랬을 것이다. 그는 싱싱하고 윤택하고 '오월의 잉어' 같았다. 그를 대하는 사람은 어느 나라 사람이나 어떤 계급의 사람이거나 늙은이나 젊은이나 다들 한없는 매력을 느꼈다. 그의 화제는 무궁무진하고 신선한 흥미가 있었다. 그와 같이 종교, 철학, 문학에 걸쳐 해박한 교양을 가진 분은 매우 드물 것이다.

그는 신부나 승려가 될 사람이었다. 동경 유학 시절에 길가의 관상쟁이가 그를 보고, 출가할 상이나 눈썹이 탁해서 속세에 산다고 하였다. 그는 욕심이 적은 사람이었다. 서른 이후로는 중류 이상의 생활을 하였으나, 살림살이는 부인이 하였고 자기는 그때 돈으로 매일 약 2원의 용돈이 있으면 만족하였다. 한번은 내가 어떤 가을 석왕사(釋王寺)로 갔더니 춘원이 혼자 와 계셨다. 그때 그에게는 가진 돈이 10전밖에는 없었다. 거리에 나왔다가 문득 오고 싶어서 왔다는 것이었다. 그는 산을 좋아하였다. 여생을 산에서 보내셨더라면 얼마나 좋았을까. 그는 아깝게도 크나큰 과오를 범하였었다. 1937년 감옥에서 세상을 떠났더라면 얼마나 다행한 일이었을까.

지금 와서 그런 말은 해서 무엇하리. 그의 인간미, 그의 문학적 업적만을 길이 찬양하기로 하자. 그가 나에게 준 많은 편지들을 나는 잃어버렸다.

지금 기억되는 대목 중에 하나는 "기쁜 일이 있으면 기뻐할 것이나, 기쁜 일이 있더라도 기뻐할 것이 없고, 슬픈 일이 있더라도 슬퍼할 것이 없느니라. 항상 마음이 광풍제월(光風霽月) 같고 행운유수(行雲流水)와 같을지어다."

셰익스피어

　오는 4월 23일은 '셰익스피어'가 출생한 지 400년이 되는 날이다. 우리가 흔히 듣는 "인도를 내놓을지언정 셰익스피어는 안 내놓겠다."라고 한 칼라일의 말은 인도가 독립할 것을 예상하고 한 말은 아니요, 셰익스피어의 문학적 가치가 영국이 인도에서 향유하던 막대한 정치적, 경제적 가치보다도 더 큰 것이라는 것을 말하였던 것이다.

　셰익스피어를 가리켜 '천심만혼(千心萬魂)'이라고 부르기도 하고, 한 그루의 나무가 아니요 '삼림(森林)'이라고 지적한 사람도 있다.

　우리는 그를 통하여 수많은 인간상을 알게 되며 숭고한 영혼에 부딪치는 것이다. 그를 감상할 때 사람은 신과 짐승의 중간적 존재가 아니요, 신 자체라는 것을 느끼게 된다.

　그는 나를 몰라도 나는 언제나 그의 이야기를 들을 수

있다. 이런 점에서 그는 세대를 초월한 영원한 존재이다. 그의 이야기를 듣는 데는 노력이 요구된다. 그러나 큰돈이 드는 것도 아니요, 부자연한 웃음을 웃어야 하는 것도 아니다.

마음 내키는 때 책만 펴면 햄릿, 폴스타프, 애련한 오필리어, 속세의 티끌이 없는 순수한 미란다, 무던한 마음씨를 느끼게 하는 코델리아, 지혜로우면서도 남성이 되어 버리지 않은 포샤, 멜로디와 향기로 창조한 에리얼이 금시 살아서 뛰어나오는 것이다.

셰익스피어는 때로는 속되고, 조야하고, 수다스럽고 상스럽기까지 하다. 그러나 그 바탕은 사랑이다. 그의 글 속에는 자연의 아름다움, 풍부한 인정미, 영롱한 이미지, 그리고 유머와 아이러니가 넘쳐흐르고 있다. 그를 읽고도 비인간적인 사람은 적을 것이다. 「한여름밤의 꿈」,「마음이 드시는 대로」,「태풍」 같은 극을 좋아하는 사람은 마음이 나빠도 한도가 있는 것이다.

민주 국가의 지도자가 되려는 사람들은 모름지기 셰익스피어를 읽어야 할 것이다. 콜리지는 그를 가리켜 "아마도 인간성이 창조한 가장 위대한 천재"라고 예찬하였다. 그 말이 틀렸다면 '아마도' 라는 말을 붙인 데 있을 것이다.

○　陶淵明　도연명

지난 정월 나는 이런 말을 썼다. 사람을 대할 때면 언제나 웃는 낯을 하겠다고. 그러나 지난 1년 동안 웃는 낯을 갖지 못한 때가 많았다.

나의 미소는 교만한 얼굴, 탐욕에 찬 얼굴, 무서운 얼굴에 부딪치면 그만 얼어 버리고 말았다. 억지로 웃음을 유지하여 보려고도 하였으나, 그 웃음은 허위의 웃음이 되고 말았다.

나는 무표정한 사람이 되어 가고 있다. 나는 사람을 대할 흥미조차 잃어버리고 있는 것 같다. 때로는 남이 듣기 좋으라고 마음에 없는 소리를 하는 수가 있다. 그럴 때면 나도 모르게 눈에 눈물이 난다.

나는 도시가 줄 수 있는 향락을 싫어한다. 그 많은 요릿집도, 당구장도, 댄스홀도, 나에게는 아무 관계가 없는 것이다. 찬란하게 차린 여자들도 나에게는 아무 매력이 없다. 영화 구경도 싱거워졌다. 자동차가 연달아 달리는 길을 한번 걷는다는 것은 큰 고통이요, 버스를 탄다는 것도 여간 끔찍한 노릇이 아니다. 그리고 엄청나게 커다란 간판들이 눈에 거슬리고, 분에 넘치게 사는 꼴들도 보기가 싫다.

누구의 글귀던가.

'이경무다반종화(二頃無多半種花, 2경 밭이 많지는 않으나, 반은 꽃을 심다.)'라 하였다. 나는 우리 집 온 마당에 꽃을 심었다. 울타리 밑에 국화도 심었다. 그러나 유연히 남산을 보는 심경은 되어 있지 않다. 나는 그저 오늘도 도연명을 생각한다.

少無適俗韻	젊어서부터 속세에 맞는 바 없고,
性本愛丘山	성품은 본래 산을 사랑하였다.
誤落塵綱中	잘못 도시 속에 빠져
一去三十年	30년이 가 버리다.

이것은 귀향한 뒤에 쓴 시의 구절이다. 이보다 먼저 그가 쓴 유명한 「귀거래사(歸去來辭)」 중에는 다음과 같은 시구가 있다.

| 世與我而相遠 | 세상과 나와 서로 다르거늘, |
| 復駕言兮焉求 | 다시 수레를 타고 내 무엇을 구할 |

것인고.

나도 이 진의를 못 깨달은 바 아니지마는, 아직도 서울살이를 하고 있다.

서울에서 태어나 서울에서 자란 나에게는 고향이라고 할 고향이 없다.

양자강 남안에 있는 노산(蘆山)이라는 곳, 그에게는 아름다운 고향이 있었다. 당시 동진(東晉)에는 끊임없는 정쟁이 있었으나, 농촌은 평화로웠던 모양이다. '애애원인촌 의의허리연(曖曖遠人村 依依墟里煙, 어스름 어슴푸레 촌락이 멀고, 가물가물 올라오는 마을의 연기)', 그리고 그에게는 다행히도 방택십여묘(方宅十餘畝)와 초옥팔구간(草屋八九間)이 있었다.

아직 채 내 소유가 되지 못하였지만 지금 살고 있는 아홉 평 집을 팔면 충청도 어느 시골에다 초옥팔구간 마련할지도 모른다.

그러나 방택십여묘도 끼워서 살 수 있을는지.

또 하나 도연명이 부러운 것은 언제나 술을 즐길 수 있다는 것이다.

一觴雖獨進   혼자서 술을 마시지마는
杯盡壺自傾   잔이 비면 병을 기울인다.

나는 멋진 글을 못 써 볼 것이다. 그러나 시골로 가면,

짐승들 잠들고
물소리 높아 가오.
인적 그친 다리 위에
달빛이 진해 가오.
거리낌 하나도 없이
잠 안 오는 밤이오.

예전에 내가 지은 이런 시조는 다시 쓸 수 있을지도 모른다. 도연명은 41세에 귀거래하였다. 나는 내일 모레 50이 되는데 늙은 말 같은 이 몸을 채찍질하며 잘못 들어선 길을 가고 있다.

로버트 프로스트 I

○

당신은 내가 당신의 시를 읽고 짐작하고 있던 것같이 순박한 사람이었습니다. 오래되어서 헐었으나, 아직도 튼튼하게 보이는 당신의 혁대는 당신이 허식이 없는 사람이라는 것을 말하였습니다. 거친 당신의 손은 농부의 손이었습니다. 당신은 이상스러운 이론을 갖지 않고 지성을 뽐내지도 않았습니다.

다음과 같은 말을 오래전에 하신 일이 있습니다.

"내가 생각건대 나는 평범한 사람이오. 나는 나의 학교를 좋아하고 나는 나의 농장을 좋아하고 나는 나의 국민을 좋아하오. 그저 평범하오."

그리고 시인은 정직하여야 된다는 굳은 신념을 가지고 있습니다.

"나는 언제나 생각하기를 시인은 자기 멋대로 악한 생활을 할 수도 있다. 그렇다면 그의 시도 악하여야 될 것이다. 나는 성실치 않은 것을 싫어한다."

당신은 고루하지 아니하고 편벽되지 않고, 당신의 인간성에는 무리가 없습니다. 당신에게도 가끔 두 갈래 길이 놓여 있습니다.

"누른 숲속에 길이 둘로 갈려 있다."

또 "한때는 꽃잎을 사모도 했었으나 잎들이 내 마음에 더 짙게 사무친다."

"숲은 아름답고 어둡고 깊고, 그러나 나는 지켜야 할 약속이 있다."

"가는 것도 좋고 갔다가 돌아오는 것도 좋다."

한편으로 치우치지 아니하는 당신은 또 이런 말을 하셨습니다.

"철학자의 말은 언제나 그들의 인생을 한 곳으로 규정지으려는 데 있다."

당신은 사실 하나하나를 그것대로 받아들일 수 있는 순탄한 마음을 가졌습니다. 「하일라 브룩」이라는 시에서 이런 말씀을 하셨습니다.

"우리는 존재 그대로를 사랑한다."

당신은 시인이기 이전에 농부입니다.

「풀베기」, 「사과 딴 뒤에」, 「머슴의 죽음」, 「목장」 등 여러 시들은 농부인 당신이 아니면 못할 말들입니다.

당신의 시골은 돌이 많고 눈이 많이 내리는 미국 동북방 뉴잉글랜드의 농촌입니다. 그러므로 당신을 가리켜

'뉴잉글랜드 시인'이라고 합니다. 당신의 시의 배경이 이 지역에 놓여 있기 때문만이 아니라, 당신의 시가 곧 이 지방의 사람들의 생활인 까닭입니다. 당신은 본질적으로 자연시인(自然詩人)입니다.

당신의 시 중에는 동양 묵화와 같은 경지를 가진 것들이 있고, 한시(漢詩)의 품격을 지닌 것들이 많습니다. "프로스트는 프로스트(frost, 서리)다."라고 말하는 사람이 있는 것과 같이 당신의 시는 화려하지 않고 그윽하며 어슴푸레한 데가 있습니다. 그리고 당신의 목소리는 고요합니다. 그러나 그 속에는 유머와 위트와 예지가 무늬를 놓고 있습니다.

"시는 기쁨으로 시작하여 예지로 끝난다."라고 당신은 말했습니다. 그 예지는 냉철하고 현명한 예지가 아니라, 인생의 슬픈 음악을 들어 온 인정 있고 이해성 있는 예지인 것입니다.

당신은 애인과 같이 인생을 사랑했습니다. 그러기에 인생이 길 없는 숲속과 같아서 거미줄이 얼굴에 엉키고 나뭇가지에 눈이 찔려 눈물이 날 때, 현실을 떠나가고 싶어 하다가도 당신은 얼마 아니 있다가 현실로 다시 돌아오기를 바랍니다. 당신은 세상과 말다툼을 할 때가 있습니다. 그것은 사랑 싸움입니다. 당신의 시에서는 리얼리즘과 로맨티시즘이 대치되는 것 같으면서도 조화를 이루고 있습니다.

  당신의 말은 시의 내용과 같이 소박하고 평이합니다. 20세기 다른 시인과 같이 병적으로 괴상하고 난해하지 아니합니다. 당신은 휘트먼 이래 미국의 가장 위대한 민주적인 시인입니다. 당신의 시는 뉴잉글랜드 과수원에 사과가 열리고, 겨울이면 그 산과 들에 눈이 내리는 것과 같이 영원한 것입니다.

로버트 프로스트 II

　미국 현대의 최대 시인 로버트 프로스트(Robert Frost, 1874~1963)는 1874년생이다. 그러니까 금년이 100년이 되는 해다. 그를 처음 만난 것은 1954년 크리스마스 이브였다. 하버드 대학 하워드 존스 교수가 프로스트와 나를 자기 집에 초대하였다. 그날 밤 늦도록 우리 세 사람은 문학 이야기를 하였다.

　프로스트의 거친 손은 그가 농부였다는 것을 말하는 것 같았다. 그리고 오래 띠어서 헐어졌으나 아직도 튼튼하게 보이는 그의 혁대는 그가 소박하고 허식이 없다는 것을 나타내었다. 그는 이상스러운 철학을 갖지 않고 지성을 뽐내지도 않았다. 그는 자신에 대해 말하기를 자기의 농장을 좋아하고 젊은이들에게 이야기하기를 좋아하는 그저 평범한 사람이라고 하였다.

　그리고 시인은 누구보다도 정직한 사람이라야 한다고 하였다. 프로스트는 자연시인이다. 그러나 그는 다만 자연을 감상하는 시인은 아니다.

시인이 되기 전에 그는 농부였다. 그는 촌사람과 같이 살아왔다. 그의 시골은 미국 동북방 뉴잉글랜드다. 그의 자연은 아름답고 온화한 것이 아니고 땅이 기름지지 않고 돌이 많은 차고 황량한 자연이다.

이 자연을 읊은 그의 목소리는 언제나 고요한 목소리다. 그의 자연은 묵화로 그린 겨울 풍경과도 같다.

그는 자연의 시인인 동시에 그 자연 속에서 사는 인간의 시인이다. 인생의 슬픈 일을 많이 본 눈으로 그는 애정을 가지고 세상을 대한다.

프로스트는 땅에다 뿌리를 박고 가지에다 꽃을 피우게 하였다. 때로는 리얼한 낭만이 숨바꼭질하며 때로는 갈등도 있으나 그는 이 두 갈래를 원만히 융화시킨다.

프로스트는 순진하고 소박한 시인이다. 그의 말은 쉬운 동사를 쓰며 형용사를 많이 쓰지 않는다. 그리고 자기가 믿는 바를 독자에게 강요하지 않으며 자기와 같이 진리의 기쁨을 나누자고 친절한 초대를 한다. 그의 시를 읽을 때면 마음이 놓이는 친구와 이야기를 나누는 것 같다.

나도 한때는 백화나무를 타던 소년이었습니다.

그리고 그 시절을 꿈꿀 때가 있습니다.

내가 심려(心慮)에 지쳤을 때

그리고 인생이 길 없는 숲속과 너무나 같을 때 얼굴이
달고 얼굴이 거미줄에 걸려 간지러울 때 내 눈 하나가
작은 나뭇가지에 스쳐 눈물이 흐를 때
나는 잠시 세상을 떠났다가 다시 돌아와 새 시작을
하고 싶습니다.
운명이 나를 잘못 이해하고
반만 내 원(願)을 들어주어
나를 데려갔다가 다시 돌아오지 못하게 하지 않기를
바랍니다.
이 세상은 사랑하기에 좋은 곳입니다.
더 좋은 세상이 있을 것 같지 않습니다.

　　　　　　　　　　　　　　　—「자작나무」에서

　그를 마지막, 지금 생각하면 영영 마지막 만난 것은
내가 보스턴을 떠나던 날 오후였다. 전화를 걸었더니 곧
오라고 하였다.
　그는 자기 집 문 앞에 나와서 나를 기다리고 있었다.
　그는 우리들의 우정에 대한 몇 마디 말과 서명을 한
시집을 나에게 주고 나를 잊지 않을 것이라고 하였다.
그리고 헤어질 때 나를 껴안고 오래 놓지 않았다.

찰스 램

　나는 위대한 인물에게서 매력을 느끼지 못한다. 나와의 유사성이 너무나 없기 때문인가 보다. 나는 그저 평범하되 정서가 섬세한 사람을 좋아한다. 동정을 주는 데 인색하지 않고 작은 인연을 소중히 여기는 사람, 곧잘 수줍어하고 겁 많은 사람, 순진한 사람, 아련한 애수와 미소 같은 유머를 지닌 그런 사람에게 매력을 느낀다.

　찰스 램(Charles Lamb, 1775~1834)은 중키보다 좀 작고 눈이 맑고 말을 더듬었다. 술을 잘하고, 담배를 많이 피우고, 친구와 이야기하는 것을 좋아하였다. 그는 남에게서 정중하게 대접받는 것을 싫어하였고 자기를 뽐내는 일이 없었다. 그는 역경에서도 인생을 아름답게 보려 하였다.

　램은 두뇌가 총명하고 가세가 넉넉지 못한 집 아이들이 가는 유명한 자선 학교 '크라이스트 호스피털'에서 7년간 수학하였다. 그 후 그렇게도 가고 싶은 옥스퍼드 대학에 진학하지 못하고 잠깐 남해상사(南海商社)를 거쳐 1792년 동인도 회사에 취직을 하여 1825년까지 30여 년 회계 사무원 노릇을 하였다.

그는 불행하였다. 발작성 정신병을 앓는 누님을 보호하면서 일생을 독신으로 지냈다. 그는 두 번 여성에게 애정을 느낀 일이 있다. 그중의 한 여성은 「꿈속의 아이들 ― 환상」에 나오는 앨리스이다. 꿈속의 아이들은 응석도 부리고 애교도 떨다가 매정하게도 이런 말을 하고 사라져 버린다.

"우리들은 앨리스의 아이가 아닙니다. 당신의 아이도 아닙니다. 아예 아이가 아닙니다. 우리들은 아무것도 아닙니다. 아무것도 아니라고 말할 것조차 없습니다. 꿈입니다. 앨리스의 아이들은 바트럼을 아버지라고 부릅니다."

'바트럼'은 앨리스가 결혼한 사람이다.

또 한 사건은 그가 마흔네 살이 되고 연 600파운드의 봉급을 받게 되었을 때의 일이다. 그는 자기가 좋아하는 배우 페니 캐리에게 청혼을 하였다. 그리고 즉시 상냥하고 정중한 답을 받았다. "저의 애정은 이미 다른 분에게 가 있습니다." 이리하여 그의 작은 로맨스는 하루에 끝이 났다.

그는 오래된 책, 그리고 옛날 작가를 사랑하였다. 그

림을 사랑하고 도자기를 사랑하였다. 작은 사치를 사랑하였다. 그는 여자를 존중히 여겼다. 그의 수필「현대에 있어서의 여성에 대한 예의」에 나타난 찬양은 영문학에서도 매우 드문 예라 하겠다.

그는 자기 아이는 없으면서 모든 아이를 사랑하였다. 어린 굴뚝 청소부들도 사랑하였다. 그들이 웃을 때면 램도 같이 웃었다. 그는 일생을 런던에서 살았고, 그 도시가 주는 모든 문화적 혜택을 탐구하였다. 런던은 그의 대학이었다. 그러나 그는 런던의 상업 면을 싫어하였다. 정치에도 전혀 관심이 없었다. 자기 학교, 자기 회사, 극장, 배우들, 거지들, 뒷골목 술집, 책사(冊肆), 이런 것들의 작은 얘기를 끝없는 로맨스로 엮은 것이 그의「엘리아의 수필」들이다.

그는 램(Lamb)이라는 자기 이름을 향하여 "나의 행동이 너를 부끄럽게 하지 않기를. 나의 고운 이름이여."라고 하였다. 그는 양과 같이 순결한 사람이었다.

○ 브룩의
애국시

병사(兵士)

내가 죽는다면 이것만은 생각해 주오
이국 땅 들판 어느 한 곳에
영원히 영국인 것이 있다는 것을
기름진 땅속에 보다 더 비옥한
한 무더기 흙이 묻혀 있다는 것을.
영국이 잉태하고 모양을 만들고 의식을 넣어 준,
일찍이 사랑할 꽃을 주고 거닐 길을 준,
영국의 공기를 숨 쉬고 그 강물에 목욕하고
고국의 태양의 축복을 받은 몸이.
그리고 생각해 주오. 승화된 심상,
영원한 마음의 한 맥이
영국이 준 사상(思想)을 받은 것 못지않게
어디엔가 옮겨 준다는 것을,

영국의 풍경과 음향,

영국의 태양과 같이 행복스러운 꿈,

그리고 친구에게서 배운 웃음,

영국 하늘 아래 평화로운 가슴속에 깃든 우아함을.

    루퍼트 브룩(Rupert Brooke, 1887~1915)은 20세기 초기의 가장 촉망을 받던 젊은 시인이다. 그는 대학 시절에 학업에만 탁월하였을 뿐이 아니라 멋있는 미남자로 유명하였다. 흐르는 듯 굽이치는 금발 머리, 180센티가 넘는 늘씬한 키, 그는 '젊은 아폴로'라고 불리었다. 그는 또 우수한 운동 선수로 크리켓, 축구, 테니스, 특히 수영에 능하였다. 그의 낭만적 성품과 아름다운 육체는 자연스러운 조화를 이루었다.

    I차 세계 대전이 일어나자 그는 군대에 입대하여 벨기에에서 싸웠고, 지중해 원정대에 참가하여 다르다넬스(Dardanelles) 전투에 공을 세웠다. 그러나 아깝게도 1915년 4월 23일, '에게' 바다 스키로스섬에서 전병사(戰病死)하였다. 나이 27세, 윈스턴 처칠은 국민을 대표하여 애도의 정을 표하였다. 시인 월터 데라메어는 브룩의 세계를 가리켜 "밝은 하늘 아래 어떤 도시의 성채들과 솟아있는 뾰족한 탑들과 같이 또렷하고 날카롭다."라고 예찬하였다.

여기 소개한 그의 유명한, 고요하고 농도 진한 이 소네트는 우리가 흔히 보는 애국시와는 달리 요란스럽지 않다. 요란스럽기에는 너무나 참되고 심원한 애국심을 가지고 있다.

○　　　餘　여
　　　心　심

　　형, 나는 당신을 형이라고 불러 본 일은 없습니다. 주
(朱) 선생이라고 불렀습니다.° 그러나 지금 나는 형이라
고 부르고 싶습니다. 형은 나에게 친형보다 더한 존재입
니다. 나에게 친형이 있더라도 그러할 것입니다. 이 글
을 쓰고 있는 내 눈에 눈물이 가리어 무슨 말을 쓰고 있
는지 모르겠습니다.

　　내가 형을 처음 만난 것은 열일곱 살 나던 해, 내가 상
해로 달아났을 때입니다. 나보다 8년 연상인 형은 호강
대학에 재학 중이었습니다. 학교로 찾아간 나를 데리고
YWCA 식당에 가서 저녁을 사 준 기억이 납니다. 나는
상해 시내에 방을 얻고 고등학교에 다니게 되었습니다.
형은 주말이면 기숙사에서 나와서 나하고 영화 구경을
갔습니다. 그때 '글로리아 스완슨'이란 여배우를 그렇게

° 　　소설가 주요섭. 여심은 그의 호.

175

좋아했습니다.

중국 음식점에 가서 저녁도 사 먹었습니다. 육당의 「백팔번뇌(百八煩惱)」를 같이 읽은 것은 사천로에 있는 어떤 광동 음식점이었습니다. 형이 나보고 영화 구경하고 저녁 사 먹을 돈만 있으면 돈 걱정 안 하고 살아도 된다고 말한 것이 기억납니다.

대학에 있어서의 형은 특대생이었고 영자 신문 주간이요, 대학 토론회 때 학년 대표요, 마닐라 극동 올림픽에 중국 대표로 출전하여 우승한 적도 있습니다. 형은 나의 이상적 인물이요, 그리고 모든 학생의 흠모의 대상이었습니다. 형의 앨범 첫 페이지에는 도산 선생의 사진이 있었고 그 밑에는 나의 존경하는 선생님이라고 씌어 있었습니다. 형은 3·1운동 당시 등사판 신문인 《독립신문》을 만들다가 감옥살이를 하고 북경 보인 대학에 재직하고 있을 시절 항일 사상이 있다 하여 일본 영사관 유치장에서 모진 고생을 겪기도 했습니다.

형은 상해에서 대학을 마친 후 중국인 국적 여권을 가지고 미국으로 가서 스텐퍼드 대학에 다녔습니다. 그 후 귀국하여 《신동아》를 편집하셨습니다. 그때부터 나하고 방을 얻어 같이 살았습니다. 겨울 아침에 형은 우물에 가서 물을 길어 오고 나는 난로에 불을 지폈습니다. 추운 아침 물을 길러 가는 것이 힘이 든다고 나더러

불을 지피라고 그랬습니다. 이 무렵 노산, 청전(靑田, 화가 이상범의 호) 같은 분이 늘 놀러 왔습니다. 당신이 가정을 갖게 되고 내가 상해로 다시 가게 될 때까지 몇 해 간을 이 하숙 저 하숙으로 같이 돌아 다녔습니다.

당신의 잘 알려진 작품 「사랑 손님과 어머니」의 어느 부분은 나와 우리 엄마의 에피소드였습니다. 형이 상해 학생 시절에 쓴 「개밥」, 「인력거꾼」 같은 작품은 당신의 인도주의적 사상에 입각한 작품이라고 봅니다. 형은 정에 치우치는 작가입니다. 수필 「미운 간호부」에서 보는 바와 같이 형은 몰인정을 가장 미워합니다.

내가 북경으로 형을 찾아갔을 때 북해 공원에서 밤이 어두워 가는 것을 잊고 긴긴 이야기를 하였지요. 그때 조지프 콘래드 이야기를 한 것이 기억납니다.

형은 나에게 있어 테니슨의 '아서 헬름'과 같은 존재, 그대가 좋아하는 시구를 여기에 적습니다.

어떠한 운명이 오든지
내 가장 슬플 때 나는 느끼나니
사랑을 하고 사랑을 잃은 것은
사랑을 아니한 것보다는 낫습니다.

형은 한 중국 여동학과 이루지 못할 사랑을 하였습니

다. 그리고 여심(餘心)이라는 아호(雅號)를 지었습니다.
타고 남은 마음이라고.

痴翁 치옹

가세가 기울어 그는 양정고보를 졸업하고 의정부에 가서 말단 직업을 얻었다. 밤이면 송강(松江)과 노계(蘆溪)를 읽고 연암(燕巖)을 숭앙하였다. 현대 중국 문학에도 관심을 가져 성탄(聖嘆)과 노신을 좋아하였다. 동양 철학에 정진하여 사서삼경은 물론『노자』,『장자』도 탐독하였다.

해방 후 그는 교원이 되었다. 욕심이 조금이라도 있었다면 그렇게 얻기 쉽던 대학 졸업장 하나 왜 못 구했겠는가. 그 흔한 교수 자리 하나 왜 못 구했겠는가. 아깝기도 하다. 긴 세월을 두고 축적하여 온 그 해박하고 정확한 지식, 그 예리한 분석력, 높은 안목, 그리고 그 달변으로 정말 누구보다 못지않은 명강의를 하였을 것이다. 그러나 그는 고등학교 국어 교사로 만족하였다. 30년간 보성고교에 있었고, 자격증 문제로 학원으로 직장을 옮겼다가 3년 전에 은퇴하였다. 그는 일생을 밑지고만 살아왔다.

"가난한 것이 비극이 아니라 가난한 것을 이기지 못하는 것이 비극이다."

그의 말대로 살아왔다. 굶지 않고 차라도 마실 수 있는 가난이면 그것으로 충분하였다. 한 칸 방이라도 겨울에 춥지 않으면 되고 방 안에 있는 '센티멘털 가치' 외에는 아무것도 아닌 그런 물건들을 사랑하며 그는 살아왔다. 그는 단칸방 안에 한 우주를 갖고 있다. 그는 불운을 원망하는 일이 없고 인정미에 감사하며 늘 행복에 겨워서라고 한다.

그는 정(情)으로 사는 사람이다. 서리같이 찬 그의 이성이 정에 용해되면서 살아왔다. 세속과의 타협이 아니라 정에 용해되면서 살아왔다. 때로는 격류 같다가도 대개로 그의 심경은 호수 같다. 자존심이 강한 그는 자기를 '치졸'하다고도 하고, '비겁'하다고도 한다. 그것은 위선도 아니요, 허위도 아니다.

치옹의 근본 사상은 유교다. 그는 삼강오륜을 지키며 살아온 사람이다. 고(故) 조지훈(趙芝薰) 선생을 가리켜 마지막 선비라고 부른 이가 있었다. 치옹은 지훈 이후에도 아직도 남아 있는 그리고 미래에도 있을 선비 중 한 사람일 것이다.

그는 고희가 다 된 노학자이지만 때에 있어서는 젊은이보다 오히려 더 현대적이다. "늙어서 젊은이와 거리가 생김은 세대의 차가 아니라 늙기 전의 나를 잃음이다."
라고 그는 말한다. 그렇다. 문화 전통을 계승하면서도
현대적이다.

"벽을 부숴라. 드높은 창공이 얼마나 시원하리."

윤오영이 중학 1학년 때 학생 문예란에 발표하였던
시구다. 선자였던 파인(巴人) 김동환(金東煥) 선생은 그의
시 3편을 극구 칭찬하였다. 그는 소년 시절에 몇 편의 시
를 발표한 후 40년간 글을 별로 쓰지도 않고 한 번도 내
놓지도 않았다. 1959년《현대문학》에 수필「측상락(厠上
樂)」을 처음 발표하고, 1972년《수필문학》이 창간된 이
래 주로 이 전문지에 경이적 수량의 걸작들을 계속 써냈
다. 대기만성이란 말은 그를 두고 있는 말인가 한다. 나
는 그를 보고 "치옹이 5년 전에 죽었더라면 큰일 날 뻔했
소." 하고 농담을 한 일이 있다.

근래 그와 나는 자주 만났다. 갑자기 전화를 걸고 '귀
거래'나 덕수궁에서 만나자고 한다. 마음에 드는 글이
씌어진 것이다. 그는 집안 살림살이 같은 잡담을 하다
가 좀 계면쩍은 웃음을 웃으면서 안 호주머니에서 원고
를 꺼낸다. 그는 이때 가장 생의 환희를 느끼는 것같이
보였다. 한 뭉텅이 꺼내 놓는 수도 있었다. 그러고는 나
에게 읽어 주기 시작한다. 신바람이 나기 시작하면 옆에
있는 사람들에게 민망할 정도의 큰 소리로 폭포수같이

읽어 내려간다. 소심한 내가 참다 못해 '가만 가만'을 연발해도 그는 들은 체도 아니한다. 다 읽고 나서 정말 내 눈치를 살피는 것이다. "이대로 주어도 될까?" 물론, 대개가 일품이다.

그의 수필의 소재는 다양하다. 그는 무슨 제목을 주어도 글다운 글을 단시간에 써낼 수 있다. 이런 것을 작가의 역량이라고 하나 보다. 평범한 생활에서 얻는 신기한 발견, 특히 독서에서 오는 풍부하고 심각한 체험이 그에게 많은 이야깃거리를 제공한다. 그리고 이 소득은 그가 타고난 예민한 정서, 예리한 관찰력, 놀랄 만한 상상력, 그리고 그 기억력의 산물이다.

옥같이 고루 다듬어진 수필들이 참으로 많고 많다. 「염소」, 「비원(秘苑)의 가을」, 「찰밥」, 「달밤」, 「소녀」, 「소창(素窓)」, 「봄」, 「방망이 깎던 노인」, 「산」, 「생활의 정(情)」, 「아적(我的) 독서론」 등은 그중에서도 걸작들이다.

금강석같이 빛나는 대목들이 헤아릴 수 없을 만큼 많다.

「염소」라는 수필에.

"…… 그리고 주인이 저를 흥정하고 있는 동안은 주인 옆에 온순하게 충실히 기다리고 서 있듯, 그리고 길가에 버려 있는 무청 시래기 옆에 세워 두면 다투어 푸른 잎을 뜯어먹듯, 그리고 다시 끌고 가면 먹던 것을 놓고 총총히 따라가듯."

또 문득 유원(悠遠)한 영겁을 느끼게 하는 「비원의 가을」의 절구(絶句).

"위대한 사람은 시간을 창조해 나가고 범상한 사람은 시간에 실려 간다. 그러나 한가한 사람이란 시간과 마주 서 있어 본 사람이다."

또 "조약돌 같은 인생. 다시 조약돌을 손에 쥐고 만져 본다. 부드럽고 매끄럽다. 옥도 아닌 것을 구슬도 아닌 것을. 그러나 옥이면 별것이고 구슬이면 별것이냐. 곱고 깨끗한 것이 부드럽게 내 손에 쥐어지면 그것이 곧 옥이 요 구슬이지."

그의 수필에서 우리는 전통 문화에 대한 지식을 배우 고 읽어 내려가는 동안에 향수를 느낀다. 그 글에는 작 은 사물에 대한 깊이 있는 음미가 있고 종종 현실을 암시 하는 경구도 있다. 감격적이고 때로는 감상적이 되기도 한다. 그러나 그는 자제할 줄을 안다.

어느 학자의 초상

세상을 떠나기 전날 그는 우리 집에 전화를 걸고 "피 선생이 왜 늦어지나요." 하더라고. 이것이 지금도 마음을 아프게 한다. 한 아름다운 영혼이 갔다. '누구를 위하여 종은 울리는가.' 나를 위하여 종은 울린다. 나의 일부분이 줄어졌다. 내가 좀 더 일찍이 귀국하였더라면 하버드 스퀘어에 있는 '커피 커넥션'이라는 찻집 이야기를 하였을 것을.

그는 넓고 운치 있는, 오랫동안 앉아서 책을 읽을 수 있는 그런 찻집을 좋아하였다.

그는 적은 생활비 외에는 돈에 욕심이 없었고 지위욕은 물론, 명예욕도 없었다. 불의와 부정과는 조금도 타협하지 못하였다. 중학교 때 독립 만세를 부르다가 일본 경찰의 칼자루에 맞아 상처를 입은 일도 있다.

그는 큰 체구는 아니었으나 풍채가 당당하고 얼굴에는 품위가 있었다. 늙어 갈수록 희어 가는 머리도 보기 좋았다. 그는 섬세한 정서와 높은 안목을 가진 학자로 일생을 책과 같이 살았다. 칠순이 넘도록 독신으로 살다가 간 그는 책을 애인과 같이 아내와 같이 사랑하였다.

종교와 철학에 관한 지식이 심오하고, 그리스 문학, 이탈리아 문학, 불문학, 영문학, 서구 문학 전반에 걸쳐 그렇게 자세히, 그렇게 정확히 아는 분이 우리나라에 또 있는지 나는 모른다. 그는 성균관대학으로 갈 때까지 서울대학교에서 희랍어로 성서 문학을 가르치고 단테의 「신곡」을 이탈리아어로 강독한 때도 있었다. 그는 밀턴을 강의하기 좋아하였다. 셸리와 키츠를 사랑하였으며 에머슨을 존경하였다. 만년에는 어떤 책보다도 성경을 애독하였다.

여행을 좋아하던 그가 돌아가기 2년 전(1976년) 늦게나마 그렇게 그리던 유럽과 아울러 미국 문화 발상지인 뉴잉글랜드 지방을 여행할 기회가 있었던 것은 참으로 다행한 일이었다. 여행 중 그는 번화한 거리나 환락장을 찾지 않고 사랑하는 문인들의 묘지를 두루 순례하였다.

그는 구원(久遠)의 여상(女象)을 만나지 못하고 혼자서 살다가 갔다. 그의 여인은 단테의 베아트리체, 셰익스피어의 코델리아, 디킨스의 애그니스였다. 설사 그런 존재를 발견하였다 하더라도 그는 너무나 수줍어 접근할 용기를 갖지 못하였을 것이다. 그는 관습이나 편의를 위하여 결혼하기를 거부하였다. 그는 결혼을 무서워도 하였다. 고적(孤寂)을 사랑하며 살았다. 스피노자, 칸트, 아미엘을 연상케 한다.

그는 여러 사람을 사귀지는 않았으나 몇몇 친구와는 수십 년을 두고 두터운 정을 맺어 왔다. 생일날이면 시집간 제자들이 모여서 정성껏 잔치를 베풀어 드렸다. 그에게는 그다지 외롭지 않은 시간들이 있었다.

그는 소극적이었다. 내가 아쉬움을 금치 못하는 것은 그의 학구 생활이 비생산적이었다는 사실이다. 그는 독창적 연구가 아니면 논문을 쓸 가치가 없다고 생각하였다. 그리고 그는 기쁨을 얻기 위하여 책을 읽었지 써먹기 위하여 읽지 않았다. 오랜 세월에 걸쳐 쓴 그의 일기라도 보존되었더라면 좋았을 것을, 그것마저 일부는 이북에 두고 오고 일부는 사변통에 잃어버렸다. 그러고는 일기도 안 썼다.

그의 생애가 우리 문화에 얼마나 기여하였는지는 모르겠다. 그러나 이 시대에 그렇게 순결한 존재가 있었다는 사실만으로도 우리에게는 큰 축복이라 하겠다.

°   서울대학교와 성균관대학교에서 교수로 지낸 장익봉 교수에 대한 글.

아인슈타인

아인슈타인이 나 같은 사람의 예찬을 받는 것은 이번이 처음일 것이다. 내가 에밀리 디킨슨의 시에서 힘을 아니 얻었더라면 나는 이 글을 감히 쓰지 못하였을 것이다.

왜 죽었나, 그는 가만히 물었다.

"아름다움을 위하여"라고 대답하였다.

"나는 진리를 위해서. 둘은 하나요.

우린 형제요."라고 그는 말했다.

나는 상대성 이론을 해독해 보려고 몇 번 노력을 했었다. 한번은 친구가 준 『시인을 위한 물리학』이라는 책 때문이었다. 이 책은 처음 대하는 순간 나에게 큰 기쁨을 주었다. 그러나 얼마 아니 가서 그 책은 큰 고통을 주기 시작하였다. 어떤 여자와 같이. 다만 다른 점은 여자가 석연치 않을 때는 그녀를 미워하게 된다. 학문이 석연치 않을 때는 나를 미워하게 된다. 진리에 대한 존경심은 변함이 없다.

과학자의 말을 빌리면 아인슈타인이 창설한 상대성 이론은 20세기를 원자 시대(原子時代)로 만들었다고 한다. 노벨상 수상 학자 라비(I. Rabi)는 "현대 물리학에 있어서 아인슈타인의 이론을 근거로 하지 않은 아이디어는 거의 없다."라고 단언했다. 인간 아인슈타인은 우선 풍부한 유머를 가지고 있다. 어떤 사람이 상대성 이론의 정의를 물어보았더니 그는 다음과 같은 대답을 하였다.

"한 남자가 예쁜 여자와 한 시간 동안 나란히 앉아 있으면 그 한 시간은 1분으로 생각되겠지요. 그러나 그가 뜨거운 난로 옆에 1분 동안 앉아 있으면 그 1분은 한 시간이나 되게 느껴질 거요. 그게 바로 상대성이오."

여기 또 그의 인간미 있는 일화가 있다. 한 소녀가 산수 숙제를 못하고 애를 쓰다가 그 동네에 아인슈타인 박사가 사신다는 말을 듣고 그를 찾아갔다. 촌영감 같은 할아버지는 친절하게 가르쳐 주시고 모르는 게 있으면 또 오라고 하셨다. 소녀의 어머니는 이 말을 듣고 깜짝 놀라 곧 뛰어가서 사과를 드렸더니, 아인슈타인의 대답이

"내가 아기한테서 배운 게 더 많습니다."

그는 한 성령(聖靈)을 믿는다. 그는 말하기를,

"진지하게 과학을 탐구하는 사람은 누구나 우주의 법

칙 속에 나타나는 한 성령을 확신하게 될 것이다. 대수롭지 않은 능력을 가진 우리가 겸허함을 느낄 수밖에 없는 그런 영적인 것을."

그의 신은 개인의 행동이나 운명을 다루는 신이 아니요, 우주의 모든 것이 법칙 있는 조화를 이루게 하는 신이다. 스피노자가 믿는 신이다. 유순한 눈이 크고, 길게 뻗친 백발은 그대로 내버려 두었다. 그는 아무렇게나 헌 옷을 걸치고, 넥타이를 매는 적이 별로 없었다. 자전거를 타고 다녔다. 모차르트와 바이올린 소나타를 연주하기를 좋아하였다. 평화 운동을 전개하고 사회 부조리를 극력 반대하였다. 자기의 유해를 화장하여 그 재를 바람에 날려 달라고 하였다.

뉴턴 이래의 최대의 과학자라는 칭송이 아니라도 그는 한 아름다운 사람이었다. 『순수이성비판』을 이해하지 못하고도 칸트의 생애를 흠모할 수 있듯이 상대성 이론을 모르고도 아인슈타인을 사랑할 수 있다. 물리학자들의 아인슈타인은 우리 모두의 아인슈타인이기도 하다.

나의 사랑하는 생활

나의 사랑하는 생활

　나는 우선 내 마음대로 쓸 수 있는 돈이 지금 돈으로 한 5만 원쯤 생기기도 하는 생활을 사랑한다. 그러면은 그 돈으로 청량리 위생 병원에 낡은 몸을 입원시키고 싶다. 나는 깨끗한 침대에 누웠다가 하루에 한두 번씩 덥고 깨끗한 물로 목욕을 하고 싶다. 그리고 우리 딸에게 제 생일날 사 주지 못한 비로드 바지를 사 주고, 아내에게는 비하이브 털실 한 폰드 반을 사 주고 싶다. 그리고 내 것으로 점잖고 산뜻한 넥타이를 몇 개 사고 싶다. 돈이 없어서 적조하여진 친구들을 우리 집에 청해 오고 싶다. 아내는 신이 나서 도마질을 할 것이다.

　나는 5만 원, 아니 10만 원쯤 마음대로 쓸 수 있는 돈이 생기는 생활을 가장 사랑한다. 나는 나의 시간과 기운을 다 팔아 버리지 않고, 나의 마지막 10분의 1이라도 남겨서 자유와 한가를 즐길 수 있는 생활을 하고 싶다.

　나는 잔디를 밟기를 좋아한다. 젖은 시새(고운 모래)

를 밟기 좋아한다. 고무창 댄 구두를 신고 아스팔트 위를 걷기를 좋아한다. 아가의 머리칼을 만지기 좋아한다. 새로 나온 나뭇잎을 만지기 좋아한다.

나는 보드랍고 고운 화롯불 재를 만지기 좋아한다. 나는 남의 아내의 수달피 목도리를 만져 보기 좋아한다. 그리고 아내에게 좀 미안한 생각을 한다.

나는 아름다운 얼굴을 좋아한다. 웃는 아름다운 얼굴을 더 좋아한다. 그러나 수수한 얼굴이 웃는 것도 좋아한다. 서영이 엄마가 자기 아이를 바라보고 웃는 얼굴도 좋아한다. 나 아는 여인들이 인사 대신으로 웃는 웃음을 나는 좋아한다.

나는 아름다운 빛을 사랑한다. 골짜기마다 단풍이 찬란한 만폭동, 앞을 바라보면 걸음이 급하여지고 뒤를 돌아다보면 더 좋은 단풍을 두고 가는 것 같아서 어쩔 줄 모르고 서 있었다. 예전 우리 유치원 선생님이 주신 색종이 같은 빨간색, 보라, 자주, 초록, 이런 황홀한 색깔을 나는 좋아한다. 나는 우리나라 가을 하늘을 사랑한다. 나는 진주빛, 비둘기빛을 좋아한다. 나는 오래된 가구의 마호가니빛을 좋아한다. 늙어 가는 학자의 희끗희끗한 머리칼을 좋아한다.

나는 이른 아침 종달새 소리를 좋아하며, 꾀꼬리 소리를 반가워하며, 봄 시냇물 흐르는 소리를 즐긴다.

갈대에 부는 바람 소리를 좋아하며, 바다의 파도 소리를 들으면 아직도 가슴이 뛴다. 나는 골목을 지날 때에 발을 멈추고 한참이나 서 있게 하는 피아노 소리를 좋아한다.

나는 젊은 웃음소리를 좋아한다. 다른 사람 없는 방 안에서 내 귀에다 귓속말을 하는 서영이의 말소리를 좋아한다. 나는 비 오는 날 저녁때 뒷골목 선술집에서 풍기는 불고기 냄새를 좋아한다. 새로운 양서(洋書) 냄새, 털옷 냄새를 좋아한다. 커피 끓이는 냄새, 라일락 짙은 냄새, 국화, 수선화, 소나무의 향기를 좋아한다. 봄 흙냄새를 좋아한다.

나는 사과를 좋아하고 호두와 잣과 꿀을 좋아하고, 친구와 향기로운 차를 마시기를 좋아한다. 군밤을 외투 호주머니에다 넣고 길을 걸으면서 먹기를 좋아하고, 찰스 강변을 걸으면서 핥던 콘 아이스크림을 좋아한다.

나는 9평 건물에 땅이 50평이나 되는 나의 집을 좋아한다. 재목을 쓰지 못하고 흙으로 지은 집이지만 내 집이니까 좋아한다. 화초를 심을 뜰이 있고 집 내놓으라는 말을 아니 들을 터이니 좋다. 내 책들은 언제나 제자리에 있을 수 있고 앞으로 오랫동안 이 집에서 살면 집을 몰라서 놀러 오지 못할 친구는 없을 것이다.

나는 삼일절이나 광복절 아침에는 실크해트를 쓰고

모닝 코트를 입고 싶은 충동을 느낀다. 그러나 그것은 될 수 없는 일이다. 여름이면 베 고의적삼을 입고 농립을 쓰고 짚신을 신고 산길을 가기 좋아한다.

나는 신발을 좋아한다. 태사신, 이름 쓴 까만 운동화, 깨끗하게 씻어 논 파란 고무신, 흙이 약간 묻은 탄탄히 삼은 짚신, 나의 생활을 구성하는 모든 작고 아름다운 것들을 사랑한다. 고운 얼굴을 욕망 없이 바라다보며, 남의 공적을 부러움 없이 찬양하는 것을 좋아한다. 여러 사람을 좋아하며 아무도 미워하지 아니하며, 몇몇 사람을 끔찍이 사랑하며 살고 싶다. 그리고 나는 점잖게 늙어 가고 싶다. 내가 늙고 서영이가 크면 눈 내리는 서울 거리를 같이 걷고 싶다.

○ 멋

골프채를 휘두른 채 떠 가는 볼을 멀리 바라다보는 포즈, 그때 바람에 날리는 스커트. 이것은 멋진 모습이다.

변두리를 툭툭 건드리며 오래 얼러 보다가 갑자기 달려들어 두들기는 북채, 직성을 풀고는 마음 가라앉히며 미끄러지는 장삼 자락. 이것도 멋있는 장면이다.

그러나 진정한 멋은 시적 윤리성(詩的 倫理性)을 내포하고 있다. 멋 속에는 스포츠맨십 또는 페어플레이라는 말이 들어 있다. 어떤 테니스 경기에서 A선수가 받아야 할 인사이드 볼이 심판의 오심으로 아웃으로 판정되었었다. 관중들은 자기네 눈을 의심하였다. 잇달아 A선수가 서브를 넣게 되었다. 그는 일부러 그러나 아주 자연스럽게 더블 아웃을 내었다. 그때 그의 태도는 참으로 멋있는 것이었다.

저속한 교태를 연장시키느라고 춘향을 옥에서 하룻밤 더 재운 이몽룡은 멋없는 사나이였다.

무력으로 오스트리아 공주 마리 루이즈를 아내로 삼은 나폴레옹도 멋없는 속물이었다. 비록 많은 여자를 사랑했다 해서 비난을 받지만 1823년 이탈리아의 애국자들이 분열되었을 때 "나는 이탈리아 독립을 위하여 피를 흘리려 하였으나, 이제 눈물을 흘리며 떠난다."라는 스테이트먼트를 발표하고 그리스로 건너가 남의 나라의 독립과 자유를 위하여 목숨을 바친 영국 시인 바이런은 참으로 멋진 사나이였다.

멋있는 사람은 가난하여도 궁상맞지 않고 인색하지 않다. 폐포파립(弊袍破笠)을 걸치더라도 마음이 행운유수(行雲流水)와 같으면 곧 멋이다. 멋은 허심하고 관대하며 여백의 미가 있다. 받는 것이 멋이 아니라, 선뜻 내어 주는 것이 멋이다. 천금을 주고도 중국 소저(小姐)의 정조를 범하지 아니한 통사(通事) 홍순언(洪淳彦)은 우리나라의 멋있는 사나이였다.

논개와 계월향은 멋진 여성이었다. 자유와 민족을 위하여 청춘을 버리는 것은 멋있는 일이다. 그러나 황진이도 멋있는 여자다. 누구나 큰 것만을 위하여 살 수는 없다. 인생은 오히려 작은 것들이 모여 이루어지는 것이다.

강원도 어느 산골에서였다. 키가 크고 늘씬한 젊은 여인이 물동이를 이고 바른손으로 물동이 전면에서 흐르는 물을 휘뿌리면서 걸어오고 있었다. 그때 또 하나의 젊은 여인이 저편 지름길로부터 나오더니 똬리를 머리에 얹으며 물동이를 받아 이려 하였다. 물동이를 인 먼저 여인은 마중 나온 여인의 머리에 놓인 똬리를 얼른 집어던지고 다시 손으로 동이에 흐르는 물을 쓸며 뒤도 아니 돌아보고 지름길로 걸어 들어갔다. 마중 나왔던 여자는 웃으면서 똬리를 집어 들고 뒤를 따랐다. 이 두 여인은 동서가 아니면 아마 시누 올케였을 것이다. 그들은 비너스와 사이키˚보다 멋이 있었다. 멋이 있는 사람은 멋있는 행동을 하는 사람이다. 그리고 이런 작고 이름 지을 수 없는 멋 때문에 각박한 세상도 살아갈 수 있는 것이다. 나는 이 광경을 바라다보고 인생은 살 만한 것이라고 생각한다.

˚ 　프시케의 영어식 발음.

반사적 광영

反射的 光榮

　도산 선생을 처음 만나 보았을 때의 일이다. 선생이 잠깐 방에서 나가신 틈을 타서 선생의 모자를 써 보고 나는 대단히 기뻐했다. 그 후 어느 날 나는 선생이 짚으시던 단장과 거의 비슷한 것을 살 수 있었다. 어떤 친구를 보고 선생이 주신 것이라고 뽐냈더니 그는 애원 애원하던 끝에 한턱을 단단히 쓰고 그 단장을 가지고 갔다. 생각하면 지금도 꺼림할 때가 있다. 그러나 다시 생각하면 그 친구로 하여금 그가 그 단장을 잃어버릴 때까지 수년간 무한한 기쁨을 누리게 하였으니, 나는 그에게 큰 은혜를 베푼 셈이다.

　몇 해 전 영국 대사의 초대에서 돌아오니 서영이가 달려 나오면서 내 손을 붙들고 흔든다. 왜 그러냐고 물었더니 서영이 말이, 대사 부인은 엘리자베스 여왕과 악수를 하였을 터이니 그이 손과 악수를 한 아빠 손을 잡고 흔들면 여왕과 악수를 한 것이 된다는 것이다. 예전 우리나라 예법으로는 임금이 잡으신 손은 아무도 다치지 못하도록 비단으로 감고 다녔다고 한다. 그 존귀한 손의 소유자는 일생을 손이 하나 없는 불구자같이 살면서도 늘 행복을 느꼈으리라. 잘못 역적으로 몰려 잡혀갈 때라도 형조 관헌(刑曹官憲)들도 그 손만은 건드리지 못하였을 터이니, 그는 붙들려 가면서도 자못 황은이 망극하였을 것이다.

옛날 왕의 이야기가 나왔으니 말이지, 어떤 영국 사람이 자기 선조가 영국 왕 헨리 6세의 지팡이에 맞아 머리가 깨진 것을 자랑 삼아 써 놓은 글을 읽은 적이 있다. 바이런이 영국 사교계의 우상이었던 때, 사람들은 바이런같이 옷을 입고 바이런같이 머리를 깎고 바이런 같은 웃음을 웃고 걸음걸이도 바이런같이 걸었다. 그런데 바이런은 약간 절름발이였다.

내가 더 젊었을 때 잉그리드 버그먼이 '필립 모리스'를 피운다는 기사를 읽고 담배 피우지 않는 내가 '모리스' 한 갑을 피워 본 일이 있다. 20센트로 같은 순간에 같은 기쁨을 가졌던 것이다. 담배, 술, 그리고 화장품까지에도 관록이 붙는다. 웰링턴이 다닌 이튼 학교, 글래드스턴이 앉아서 공부하던 책상, 이런 것들의 서광은 찬란하고 또한 당연한 것이다. 미국 보스턴 가까이 있는 케임브리지라는 도시에 롱펠로의 「촌 대장장이」라는 시로 유명해진 큰 밤나무가 하나 서 있었다. 이 나무가 도시 계획에 걸려 물의를 일으킨 일이 있었다. 신문 사설에까지 대립된 논쟁이 벌어졌으나, 마침내 그 밤나무는 희생이 되고 말았다. 소학교 학생들은 1센트씩 돈을 모아 그 밤나무로 안락의자를 하나 만들어 롱펠로에게 선사하였다. 시인은 가고 의자만이 지금도 그가 살고 있던 집에 놓여 있다. 나는 잠깐 그 의자에 앉아 보았다. 그리고 누가 보지나 않았나 하고 둘러보았다.

얼마 전 일이다. 어떤 친구가 길에서 나를 붙들고 "박 사장하고 사돈이 되게 됐네." 하고 자랑을 한다. 그것도 그럴 것이다. 해방 전에 박 사장과 저녁 한 끼 같이 먹은 것을 두고두고 이야기하던 그가 아니었던가.(박 사장은 라디오 드라마에 나오는 흔한 사장은 아니다.) 하물며 수양 대군파라든가 또는 송우암의 몇 대 손이라든가 이런 것을 따지는 명문 가족의 족보는 이 얼마나 귀중한 문서이랴! 양반이 아니라서 그런지 우리 집에는 족보가 없다. 이것이 나를 슬프게 하는 것들의 하나이다.

하버드 대학에는 롤링스라는 키츠 학자로 유명한 교수가 있었다. 스물다섯에 죽은 시인을 연구하느라고 70 평생 다 보내고 아직도 숨을 헐떡이면서 「엔디미온」을 강의하고 있었다. 그는 천재에 부닥치는 환희를 즐기는 모양이었다. 롤링스 교수뿐이랴. 그 수많은 셰익스피어

학자들, 비평가들은 자기들이 저 위대한 시인과 가까운 거리에 놓여 있는 줄 알고 있는 것이다. 보스웰이 「존슨 전기」로 영문학사에 영구한 자리를 차지하고 있는 것은 다행한 예라고 하겠다.

끝으로 나는 1954년 크리스마스 이브를 프로스트와 같이 보내고 헤어질 때 그가 나를 껴안았다는 말을 아니할 수 없다. 나는 범속한 사람이기 때문에, 달이 태양의 빛을 받아 비치듯, 이탈리아의 피렌체가 아테네의 문화를 받아 빛났듯이, 남의 광영을 힘입어 영광을 맛보는 것을 반사적 광영이라고 한다.

사람은 저 잘난 맛에 산다지만, 사실은 대부분의 사람들은 남 잘난 맛에 사는 것이다. 이 반사적 광영이 없다면 사는 기쁨은 절반이나 감소될 것이다.

피가지변 皮哥之辯

"피가(皮哥)가 다 있어!"

이런 소리를 듣게 되는 것은 피가가 드물기 때문이다. 그 두터운 전화번호부에도 피가는 겨우 열이 될까 말까 하다. 현명하게도 우리 선조들은 인구 소동이 날 것을 아시고 미리부터 산아 제한을 해 왔던 모양이다. 피가가 김(金)가보다 이상한 것은 하나도 없다. 우간다 사람에게는 닥터 김이나 닥터 피가 다 비슷하리라.

그래도 왜 하필 피 씨냐고?

옛날에 우리 조상께서 제비를 뽑았는데 피 씨가 나왔다. 피가도 좋지만 더 좋은 성(姓)이었으면 하고 다시 한 번 뽑기를 간청했다. 그때만 해도 면직원들이 어수룩하던 때라 한 번만 다시 뽑게 하였다. 이번에는 모(毛)씨가 나왔다. 모씨도 좋지만 모씨는 피에 의존한다고 생각하셨기에 아까 뽑았던 피를 도로 달래 가지고 돌아왔다. 그 후 대대로 우리는 피씨가 좋은 성 중의 하나라고 받들어 왔다. 일제 말기에 이른바 창씨라 하는 짧은 막간 희극이 있었다. 자칫 길었더라면 비극이 되는 것을, 짧은 것이 천만다행이다.

성은 피가라도 옥관자 맛에 다닌다는 말이 있다. 관자라는 것은 "금, 옥 또는 뼈나 뿔로 만든 것으로, 망건줄을 꿰는 단추같이 생긴 작은 고리다. 옥관자에는 두 종류가 있는데, 새김을 넣은 것은 당상 정3품에 있는 사람이 다는 것이요, 새김을 넣지 않은 것은 종1품이나 달 수 있는 것이다." 피씨가 달던 것은 물론 후자는 아닐 게고, 전자라 하더라도 상당한 양반이 아닐 수 없다.

그런데 희성(稀姓)이기는 하지만 어찌하여 역사에 남은 이름이 그다지도 없었던가? 알아보니, 피씨의 직업은 대개가 의원이요, 그중에는 시의(侍醫)도 있었다는 것이다. 그런데 어전(御前)까지 가까이 들어가려면 적어도 당상 정3품은 되어야 했다. 의원은 양반이 아니요 중인이나, 변법으로 피 주부(皮主簿)에게 옥관자가 허락되었던 것이다. 의학을 공부하는 우리 아이는 옥관자는 못 달더라도 우간다에 가서 돈을 많이 벌어 가지고 올 것이다.

나의 선친께서는 종로, 지금 화신 건너편에서 신전을 하셨다. 피 씨가 가죽신 장사를 하여 부자가 되었다고들 한다. 그러나 성 밑에 붙는 칭호가 없어 허전하였던지 구한(舊韓) 말기에 주사(主事)라는 벼슬을 돈을 내고 샀다. 관직이라기보다는 칭호를 얻은 것이다.

내가 여섯 살 때 '피 주사 댁 입납(皮主事宅入納)'이라고 쓴 봉투를 본 일이 있다. 그리고 우리도 양반이라고 생각했다. 그런데 돈 주고 살 바에야 왜 겨우 '주사'를 사셨는지 모를 일이다. 돈만 많이 내면 승지(承旨)도 살 수 있지 않았을까? 나는 진사(進士)라는 칭호를 좋아한다. 정승(政丞)보다도 판서(判書)보다도 진사를 좋아한다. 그러나 진사는 팔지 않았는지도 모른다. 아무튼 선친께서는 주사로 만족했던 모양이다. 주사가 아닌 나는 피 선생 하면 된다. 어떤 피 선생이냐고 묻는 사람은 없다. 설사 있더라도 키 작은 피 선생이라 하면 그만이다. 이는 김가로는 될 수 없는 일이다. 섭섭한 것은 피 씨는 서열에 있어서 가나다순으로 하나 ABC 순으로 하나 언제나 꼴찌에 가깝다는 것이다. 나는 학교 다닐 때 키가 작아서 횡렬로 서서 번호를 부를 때도 늘 말석을 면치 못하였다.

성 이야기를 하다 보니 내 이름에 대해서도 할 말이 있다. 천득(千得)이라 하면 그리 점잖은 이름은 못 된다. 이름이라도 풍채 좋은 것으로 바꿔 볼까 한 때도 있었다. 그러나 엄마가 부르던 이름을 내 어찌 고치랴! 로즈를 다른 이름으로 불러도 여전히 향기로울 것이라는 말은 줄리엣 같은 소녀의 단순한 생각에서 나온 것이다. 로즈라는 음향 속에는 영국 사람들의 한없는 정서가 깃들어 있는 것이다. 그리고 로즈라는 어음이나 글자는 가지가지의 인연 얽힌 추억을 가져다 줄 것이다. 원래 나는 하늘에서 얻었다고 천득(天得)인데, 호적계의 과실로 하늘 천(天)자가 일천 천(千)자로 되어 버렸다. 이름 풀이하는 사람은 내가 부자로 살 것을 이름의 획수가 하나 적어서 가난하게 지낸다고 한다. 내가 부자로 못 사는 것은 오로지 경성부청 호적계 직원의 탓일지도 모른다.

아무려나 50년 나와 함께하여, 헌 책등같이 된 이름 금박(金箔)으로 빛낸 적도 없었다. 그런대로 아껴 과히 더럽히지 않았으면 한다.

○　이
　　야
　　기

"태초에 말씀이 계시니라."

　사람은 말을 하고 산다. 심리학자들의 말에 의하면, 우리는 생각까지도 말을 빌려 한다고 한다. 그리고 우리는 꿈속에서도 말을 하는 것이다. 물건 매매도 교육도 그 좋아들 하는 정치도 다 말로 한다. 학교는 말을 가르치는 곳이요, 국회는 카이사르 때부터 말을 하는 곳이다. 수많은 다방도 다 말을 하기 위한 곳이다. 런던에서 제일 먼저 개점한 월리라는 커피 하우스는 에디슨과 스틸이 만나서 말하던 장소였다. 가정 부인들은 구공탄, 빨랫비누, 그 어휘는 몇 마디 안 되지만 하루 온종일 말을 하고 있다. 2~3일이면 끝낼 김장을 한 달 전부터 김장이란 말을 자꾸자꾸 되풀이하고, 그 김장을 다 먹을 때까지 날마다 날마다 '김치'라는 말을 한다.

　"나는 말주변이 없어." 하는 말은 '나는 무식한 사람이다, 둔한 사람이다.' 하는 소리다. 화제의 빈곤은 지

208

식의 빈곤, 경험의 빈곤, 감정의 빈곤을 의미하는 것이요, 말솜씨가 없다는 것은 그 원인이 불투명한 사고방식에 있다. 말을 할 줄 모르는 사람은 후진 국가가 아니고는 사회적 지도자가 될 수 없다. 진부한 어구, 모호한 수식어, 패러그래프 하나 구성할 수 없는 지도자! 그렇지 않으면 수도에서 물이 쏟아지듯이 말이 연달아 나오지마는, 그 내용이야말로 수돗물같이 무미할 때 정말 정나미가 떨어진다. 케네디를 케네디로 만든 것은 무엇보다도 그의 말이다. 소크라테스, 플라톤, 공자 같은 성인도 말을 잘 하였기 때문에 그들의 사상이 전파 계승된 것이다. 덕행에 있어 그들만 한 사람들이 있었을 것이나, 그들과 같이 말을 할 줄 몰라서 역사에 자취를 남기지 못한 것이다. 결국 위인은 말을 잘하는 사람이 아닌가 한다.

"말은 은이요, 침묵은 금이다."라는 격언이 있다. 그러나 침묵은 말의 준비 기간이요, 쉬는 기간이요, 바보들이 체면을 유지하는 기간이다. 좋은 말을 하기에는 침묵을 필요로 한다. 때로는 긴 침묵을 필요로 한다. 말을 잘 한다는 것은 말을 많이 한다는 것이 아니요, 농도 진한 말을 아껴서 한다는 말이다. 말은 은같이 명료할 수도 있고 알루미늄같이 가벼울 수도 있다. 침묵은 금같이 참을성 있을 수도 있고 납같이 무겁고 구리같이 답답하기도 하다. 그러나 금강석 같은 말은 있어도 그렇게 찬란한 침묵은 있을 수 없다. 클레오파트라의 사랑은 말로 이루어지고 말로 깨어졌다.

나는 이야기를 좋아한다. 초대를 받았을 때 우선 그 주인과 거기에 나타날 손님을 미루어 보아 그 좌석에서 전개될 이야기를 상상한다. 좋은 이야기가 나올 법한 곳이면 아무리 바쁜 때라도 가고, 그렇지 않을 것 같으면 비록 성찬이 기다리고 있다 하더라도 아니 가기로 한다. 피난 시절에 음식을 따라다니던 것은 슬픈 기억의 하나다. 나는 이야기가 하고 싶어서 추운 날 먼길을 간 일이 있고, 밤을 새우는 것도 예사였다. 찻주전자에 물이 끓고 방이 더우면 온 세상이 우리의 것인 것 같았다. 한밤중에 구워 먹을 인절미라도 있으면 방이 어두워 손을 데더라도 거기서 더 기쁜 일은 없었을 것이다. 눈 오는 날 다리 저는 당나귀를 타고 친구를 만나러 가는 그림이 있다. 만나서 즐거운 것은 청담(淸淡)이리라. 말없이 나가서 술을 받아 오는 그 집 부인을 상상한들 어떠리.

지금 여성들은 대개는 첫 번 만날 때 있는 말을 다 털어놓는다. 남의 말을 정성껏 듣는 것도 말을 잘하는 방법인데, 남이 말할 새 없이 자기 말만 하여서 얼마 되지 아니하는 바닥이 더 빨리 드러나는 것이다. 그리고 다음 만날 때는 예전에 한 이야기를 되풀이하기 시작한다. 아름답게 생긴 여성이 이야기를 시작한 지 3분이 못 되어 싫증이 나는 수가 있다. 얼굴은 그저 수수하되 말을 할 줄 아는 여인이 좋다. 내가 한 말을 멋있게 받아넘기는 그러한 여성이라면 얼굴이 좀 빠져도 사귈 맛이 있을 것이다.

나는 거짓말을 싫어한다. 그러나 이야기를 재미있게 하기 위하여 거짓말을 약간 하는 것은 그리 나쁜 일은 아니다. 정직을 위한 정직은 필요로 하지 아니한다. 영국에서는 남에게 해를 끼치지 아니하는 거짓말을 하얀 거짓말이라고 하고, 죄 있는 거짓말을 까만 거짓말이라고 한다. 이야기를 재미있게 하기 위하여 하는 거짓말은 칠색이 영롱한 무지갯빛 거짓말일 것이다.

이야기를 하노라면 자연히 남의 이야기를 하게 된다. 남의 이야기를 한다는 것은 재미있는 일이요, 이해관계 없이 남의 험담을 한다는 것은 참으로 재미있는 일이나. 이런 재미도 없이 어떻게 답답한 이 세상을 살아간단 말인가. 내가 외국에서 가장 괴롭던 것은 남의 험담을 하지 못하던 것이다. 남의 말을 해서는 안 된다는 사람은 위선자임에 틀림없다. 수십 억이 된다는 모 부정 축재자의 아내가 집을 뛰쳐나와 타이피스트가 되었다는 이야기를 왜 하여서는 아니 되는가?

우리는 이야기를 하고 산다. 그리고 모든 경험은 이야기로 되어 버린다. 아무리 슬픈 현실도 아픈 고생도 애끓는 이별도 남에게는 한 이야기에 지나지 않을 것이다. 그리고 세월이 흐르면 당사자들에게도 한낱 이야기가 되어 버리는 것이다. 그날의 일기도 훗날의 전기도 치열했던 전쟁도 유구한 역사도 다 이야기에 지나지 아니한다.

◯　잠

잠에 대한 기억을 더듬어 보면, 엄마 젖을 물고 잠든 기억은 없고, 엄마 옷고름을 내 손가락에다 감고 잠이 들던 것만이 생각난다. 한번은 밤나들이 갔다가 졸음이 와서 엄마를 못살게 굴었는데, 업혔던 처네(포대기) 끈이 끌러지는 바람에 눈을 떠 보니 어느 틈에 집에 와 있었다. 또 어떤 날 밤 집안 식구들이 잔치 준비하느라고 부산한 통에 나는 밀가루 반죽으로 새를 만들다가 더운 아랫목에 쓰러져서 자던 것이 생각난다. 지금도 이부자리를 깔지 않고 옷도 벗지 않은 채 쓰러져 자는 잠이 참 달다. 이런 때 자리를 깔고 흔들어 깨우는 것같이 미운 것은 없다.

듣기 싫은 이야기를 남이 늘어놓으면 눈을 감고 있다가 자 버리는 친구가 있었다. 나는 그런 배짱은 없지마는 목사님 설교를 들으면서 곧잘 잠을 잔다. 찬미 소리에 잠이 깨면 천당 갔다 온 것 같다. 나는 회의석상에서도 조는 수가 일쑤다. 한참 자다 깨어도 토의는 별로 진전이 없고 여전히 갑론을박을 되풀이하고 있다. 그동안에 어떤 사항이 결정되었다 하더라도 상관은 없을 것이다. 중요한 것이라면 나중에 자연히 알게 된다. 나는 언젠가 어떤 노름판 한구석에서 단잠을 잔 일이 있다. 밤참이 들어왔다고 잠을 깨워도 일어나려야 일어날 수가 없었다. 또 언젠가는 요정에서 취한 친구들이 떠들어 댈 때, 나 혼자 기생의 무릎을 베고 단잠을 잤었다.

밤 가는 줄 모르고 술을 마셨다면 멋있는 것 같기도 하나, 이런 향락은 자연과 인생이 주는 가지가지의 기쁨과 맞바꾸어야 되는 것이다. 잠을 못 잔 사람에게는 풀의 향기도, 새소리도, 하늘도, 신선한 햇빛조차도 시들해지는 것이다. 잠을 희생하는 대가는 너무나 크다. 끼니를 한두 끼 굶고 웃는 낯을 할 수 있으나 잠을 하루 못 잤다면 찌푸릴 수밖에는 없다. 친구가 산책을 거부하거든 그가 전날 밤 잠을 잘 못 잤다고 인정하라. 작은 일에 신경질을 부리는 때에도 그리 알라. 마음과 몸이 아무리 지쳤다 하더라도 잠만 잘 자면 이튿날 거뜬히 일어나 어떠한 일이라도 할 수가 있는 것이다. 잠 못 드는 정취를 나라서 모르는 바는 아니다. "다정도 병인 양하여 잠 못 들어 하노라." 이런 심정이라던가, "밤중의 만정 명월이 고향인 듯하여라." 같은 아취는 잠 못 자는 사람이 아니

고는 모를 것이다. 하늘에 수많은 별들을 생각할 때 잠
못 드는 사람도 있을 것이요, 밤이 너무 아름다워 나룻
배를 타고 맨해튼과 브루클린 사이를 밤새껏 왔다 갔다
한 애인들도 있을 것이다.

그러나 잠을 방해하는 큰 원인은 욕심이다. 물욕, 권
세욕, 애욕, 거기에 따르는 질투, 모략 이런 것들이 잠
을 이루지 못하게 하는 수가 많다. 거지는 한국은행 돌
층계에서도 잠을 잘 수가 있다. 나는 면화를 실은 트럭
위에서 네 활개를 벌리고 자는 인부들을 본 일이 있다.
그때 바로 그 뒤에는 고급 자가용 차가 가고 있었다. 그
차 속에는 불면증에 걸린 핼쑥한 부정 축재자의 얼굴이
있었다.

잠자는 것을 바라다보면 연민의 정이 일어난다. 쌔근
거리며 자는 아기, 억지 쓰다가 잠이 든 더러운 얼굴, 내
가 종아리를 맞고 자는 것을 들여다보고 엄마는 늘 울었
다고 한다.

입을 벌리고 자는 여편네 얼굴은 밉기도 하지만 불쌍
하기도 하다. 잠이 채 깨지 않은 여인의 전화 받는 음성
은 애련하기 짝이 없다. 잠은 모든 욕심에서 해탈된 상
태이므로 독재자가 자는 꼴도 불쌍할 것이다. 그러기에
옛날에 나이트는 적이라도 자는 것을 죽이지는 않았다
고 한다.

어떤 사람은 "짧은 수명에서 잠자는 시간을 빼면 훨씬 짧아질 것이다."라고 말한다. 잠이 얼마나 흐뭇하고 달콤한가를 생각지 않고 하는 말이다.

어렸을 때 나는 절 구경을 갔다가 극락세계를 그려 놓은 벽화를 보고 연화대가 그렇게 할 일이 없는 한가한 곳이라면 아예 아니 가겠다고 생각한 적이 있다. 만약 천국에 잠이란 것이 없다면 그곳이 아무리 아름다운 곳이라도 나는 정말 가지 않겠다. 내가 보스턴 미술관에서 본 수많은 그림 중에서 기억에 남는 것이 둘이 있다. 그런데 둘 다 자는 것을 그린 그림이다. 하나는 밀레의 그림으로 농부들이 들에서 낮잠 자는 것을 그린 것이요, 또 하나는 누구의 것인지 잊었지만 잠을 자는 소녀와 그것을 들여다보고 있는 소년을 그린 것이다.

왜 구태여 이 두 그림이 남아 있을까? 나는 그때 향수병에 걸려 잠을 자지 못하는 때였으므로, 잠을 자고 있는 그들의 건강한 모습이 끔찍이 부러웠던 까닭인가 보다. 잠은 근심을 잊게 하고 아픔을 잊게 하고, 자는 동안만이라도 슬픔을 잊게 한다. 잠이 없었던들 우리는 모두 정신병자가 되었을 것이다. 전문 의사의 말을 들으면 정신병에 가장 효과가 있는 요법은 잠을 재우는 것이라고 한다. "너의 슬픔 그 무엇이든지 잠 속에 스러질 거라." 그리고 잠은 서대문 형무소에도 온양 호텔에도 다 같이 찾아오는 것이다.

시계추를 멈춰 놓고 잠이 들어 보려고 애쓰는 사람과 자명종 시계를 서랍 속에 집어던지고 다시 잠이 들어 버리는 사람에게는 행복에 큰 차이가 있다. 커피는 물론 홍차, 코카콜라까지도 아니 마시고 담배를 입에 무는 순간 외로워지지 않는 것을 알면서도 나는 그것조차 아니 피운다. 이는 신생활 운동을 위하여서가 아니요, 오직 잠을 위함이거니…….

학교가 늦었다고 일으키면 쓰러지고 또 일으키면 또 쓰러지던 그런 잠을 다시 자 볼 수는 없을까?

눈같이 포근하고 안개같이 아늑한 잠. 잠은 괴로운 인생에게 보내 온 아름다운 선물이다. 죽음이 긴 잠이라면 그것은 영원한 축복일 것이다.

구원의 여상

　구원의 여상은 성모 마리아입니다. 단테의 '베아트리체', 루브르 박물관에 있는 헤나(Henna)°의 「파비올라(Fabiola)」입니다. 둘이서 나란히 걸어가기에는 좁은 길이라고 믿는 알리사이기도 합니다.

　그러나 또한 "불타 오르던 과거를, 쌓이고 쌓인 재가 덮어 버린 지금은 당신을 다시 만나고 싶어 해도 되겠지요. 언제라도 볼일이나 유람차 님므 부근에 오시거든 에그비브에도 들러 주세요." 이런 편지를 쓴 줄리엣도 구원의 여상입니다.

　지나간 즐거운 회상과 아름다운 미래의 희망이
　고이 모인 얼굴.

° 　루브르 박물관에 소장 중인 장자크 에네르(Jean-Jaques Henner)
　의 성 파비올라(St. Fabiola)를 가리킨다.

그날그날 인생살이에

너무 찬란하거나 너무 선(善)스럽지 않은 것.

순간적인 슬픔, 단순한 계교

칭찬, 책망, 사랑, 키스, 눈물과 미소에 알맞은 것.

워즈워스의 이런 여인도 구원의 여상입니다.

여기 나의 한 여상이 있습니다. 그의 눈은 하늘같이 맑습니다. 때로는 흐리기도 하고 안개가 어리기도 합니다. 그는 싱싱하면서도 애련합니다. 명랑하면서도 어딘가 애수가 깃들어 있습니다. 원숙하면서도 앳된 데를 지니고, 지성과 함께 한편 어수룩한 데가 있습니다. 걸음걸이는 가벼우나 빨리 걷는 편은 아닙니다. 성급하면서도 기다릴 줄을 알고, 자존심이 강하면서도 수줍어할 때가 있고, 양보를 아니하다가도 밑질 줄을 압니다.

그는 아름다우나, 그 아름다움은 사람을 매혹하게 하지 아니하는 푸른 나무와도 같습니다.

옷은 늘 단정히 입고 외투를 어깨에 걸치는 버릇이 있습니다. 화려한 것을 좋아하나 가난한 것을 무서워하지 아니합니다. 그는 파이어 플레이스에 통장작을 못 피울 경우에는 질화로에 숯불을 피워 놓습니다. 차를 끓일 줄 알며, 향취를 감별할 줄 알며, 찻잔을 윤이 나게 닦을 줄 알며, 이 빠진 접시를 버릴 줄 압니다.

그는 한 사람하고 인사를 하면서 다른 사람을 바라다 보는 일이 없습니다. 그는 지위, 재산, 명성 같은 조건에 현혹되어 사람의 가치 평가를 잘못하지 아니합니다. 그는 예의적인 인사를 하기도 하지만 마음에 없는 말은 하지 아니합니다.

아첨이라는 것은 있을 수 없습니다. 그는 남이 감당하지 못할 기대를 하고 실망을 하지 아니합니다.

그는 사치하는 일은 있어도 낭비는 절대로 아니합니다. 돈의 가치를 명심하면서도 인색하지 아니합니다. 돈에 인색하지 않고 시간에 인색합니다. 그는 회합이나 남의 초대에 가는 일이 드뭅니다. 그에게는 한가한 시간이 많습니다. 미술을 업으로 하는 그는 쉬는 시간에는 책을 읽고 음악을 듣고 오래오래 산책을 합니다.

그의 그림은 색채가 밝고 맑고 화폭에 넓은 여백의 미가 있습니다.

그는 사랑이 가장 귀한 것이나, 인생의 전부라고는 생각지 아니합니다.

그는 마음의 허공을 그대로 둘지언정 아무것으로나 채우지는 아니합니다. 그는 자기가 사랑하지 않는 사람으로 하여금 자기를 사랑하게 하는 매력을 가지고 있습니다.

그러나 받아서는 아니 될 남의 호의를 정중하고 부드럽게 거절할 줄 압니다.

그는 과거의 인연을 소홀히 하지 아니합니다. 자기 생애의 일부분인 까닭입니다. 그는 예전 애인을 웃는 낯으로 만날 수 있습니다. 그는 몇몇 사람을 끔찍이 아낍니다. 그러나 아무도 섬기지는 아니합니다.

그는 남의 잘못을 아량 있게 이해하며, 아무도 미워하지 아니합니다.

그는 정직합니다. 정직은 인간에 있어서 가장 큰 매력입니다.

그는 자기의 힘이 닿지 않는 광막한 세계가 있다는 것을 알고 있습니다.

그에게는 울고 싶을 때 울 수 있는 눈물이 있습니다. 그의 가슴에는 고갈되지 않는 윤기가 있습니다. 그에게는 유머가 있고, 재치 있게 말을 받아넘기기도 하고 남의 약점을 찌르기도 합니다. 그러나 그러는 때는 매우 드뭅니다. 그는 한 시간 내내 말 한마디 아니하는 때가 있습니다. 이런 때라도 그는 같이 있는 사람으로 하여금 그 시간을 헛되이 보내지 않았다는 기쁨을 갖게 합니다.

성실한 가슴, 거기에다 한 남성이 머리를 눕히고 살 힘을 얻을 수 있고, 거기에서 평화롭게 죽을 힘을 얻을 수 있는 그런 가슴을 그는 가지고 있습니다.

그는 신의 존재, 영혼의 존엄성, 진리와 미, 사랑과 기도, 이런 것들을 믿으려고 안타깝게 애쓰는 여성입니다.

○　낙서

주제꼴이 초췌하여 가끔 푸대접을 받는 일이 있다. 호텔 문지기한테 모욕을 당한 일까지도 있다. 그러나 그것은 대수롭지 않은 일이다.

나는 소학교 시절에 여름이면 파란 모시 두루마기를 입고 다녔다. 그런데 새로 빨아 다린 것을 입는 날이면 머리가 아파지는 것이었다. 그러다가 두루마기가 구겨지고 풀이 죽기 시작하면 나의 몸과 마음은 한결 가벼워졌다. 중학 시절에는 '고쿠라' 교복 한 벌, 그리고 여름 '시모후리' 한 벌을 가지고 2년 동안을 입었다. 겨울 교복 바지는 때에 절어서 윤이 나고, 호떡을 먹다 떨어뜨린 꿀이 무릎에 베어서 비 오시는 날이면 거기가 끈적끈적하였다. 저고리의 호크는 언제나 열려 있었다.

교복을 사서 처음부터 채우지 않고 입던 터이라 목이 자란 뒤에는 선생님이 아무리 야단을 치셔도 잠그려야 잠글 수가 없었다. 나는 이런 교복을 입고 아무 데를 가

도 몸과 마음이 편하였다. 내가 상해로 유학을 갈 때에
도 이런 교복을 입고 갔었다. 돈이 있다고 해도 호텔에
서 들이지 않았다. 나는 처음으로 사지 양복을 입고 헌
교복은 '알라 뚱시(넝마장수)'에게 동전 두 닢을 받고 팔
아 버렸다. 그 서지(serge, 모직물의 일종) 양복은 입은 지
몇 달 후에야 내 옷 같아져서 마음이 놓이게 되었다. 근
년 미국 가는 길에 동경에 들러 한 친구를 만났더니, 그
는 나를 보고 미국 가거든 옷 좀 낫게 입고 다니라고 간
곡한 충고를 하였다. 그래 보스턴에 도착하자 나는 좋
은 양복을 사 입어 보려고 하였다. 그러나 여러 백화점
을 돌아다녀 보아도 좋은 감으로 만든 기성복으로는 내
게 맞는 것이 하나도 없었다. 맞춰 입을까 했더니 공전
이 놀랄 만큼 비쌌다. 그 후 와이셔츠 소매 기장을 줄이
느라고 옷값 이상의 공전을 지불한 적이 있다. 나는 하
는 수 없이 싸구려를 한 벌 사 입었다. 저고리 소매가 길
어서 좀 거북하였다. 그러나 그것은 대수롭지 않은 일이
었다.

또 내 옷을 바라다보는 사람은 아무도 없었다. 미국
여자들은 여자들끼리만 서로 옷을 바라다보는 모양이었
다. 귀국한 지 3년, 공전값 싼 한국에서도 소매를 못 줄
이고 그 양복을 그대로 입고 다닌다. 다행히 우리나라
여성도 내 옷을 보는 이는 하나도 없다.

가슴을 펴고 배를 내밀고 걸어 보라고 일러 주는 친구가 있다. 옷차림도 변변치 않은 데다가 작은 키를 구부리고 다니는 것이 보기에 딱한 모양이다. 그래 나는 어떤 교장 선생님같이 작은 몸을 자빠질 듯이 뒤로 젖히고 팔을 저으며 걸어 보았다. 그런데 이것은 결코 대수롭지 않은 일이 아니었다. 몹시 힘드는 일이었다. 잘난 것도 없는 나니 그저 구부리고 다니는 것이 자연스러웠다.

내가 말을 너무 많이 하고 빨리 하여 위엄이 없다고 일러 주는 친구가 있다. 그래 나는 명성이 높은 어떤 분이 회석(會席)에서 말은 한마디도 하지 않고 눈만 끔벅끔벅하던 것을 기억하고 그 흉내를 내 보려 하였다. 그랬더니 이것은 더 큰 고통이었다. 가슴이 터질 것같이 답답하여 나는 그 노릇은 다시 안 하기로 하였다.

어린아이같이 웃기를 잘하여 점잖지 않다는 것은 또한 친구의 말이었다. 그래 나는 어느 일요일 아침, 성난 얼굴을 하여 보았다. 그랬더니 서영이가 슬픈 표정으로 내 얼굴을 쳐다보더니 문밖으로 나가 버리는 것이었다. 내게 있어서 이보다 더 큰일은 없다. 나는 얼른 거울을 들여다보았다. 그리고 내가 정신의 이상이 없다는 것을 알리기 위해 그날 하루 종일 서영이하고 구슬치기를 하였다.

요즘 나는 점잔을 빼는 학계 '권위'나 사회적 '거물'을 보면, 그를 불쌍히 여겨 그의 어렸을 적 모습을 상상하여 보는 버릇이 생겼다. 그러면 그의 허위의 탈은 눈같이 스러지고 생글생글 웃는 장난꾸러기로 다시 환원하는 것이다.

○　　　은
　　　　컨
　　　　한
　　　　닢

　　예전 상해에서 본 일이다. 늙은 거지 하나가 전장(錢
莊, 돈 바꾸는 집)에 가서 떨리는 손으로 I원짜리 은전 한
닢을 내놓으면서 "황송하지만 이 돈이 못 쓰는 것이나
아닌지 좀 보아 주십시오." 하고 그는 마치 선고를 기다
리는 죄인과 같이 전장 사람의 입을 쳐다본다.

　　전장 주인은 거지를 물끄러미 내려다보다가, 돈을
두들겨 보고 "하 — 오. (좋소.)" 하고 내어 준다. 그는
"하 — 오."라는 말에 기쁜 얼굴로 돈을 받아서 가슴 깊이
집어넣고 절을 몇 번이나 하며 간다. 그는 뒤를 자꾸 돌
아보며 얼마를 가더니 또 다른 전장을 찾아 들어갔다. 품
속에 손을 넣고 한참 꾸물거리다가 그 은전을 내어놓으
며 "이것이 정말 은으로 만든 돈이오니까?" 하고 묻는다.

　　전장 주인도 호기심 있는 눈으로 바라다보더니,

　　"이 돈을 어디서 훔쳤어?"

　　거지는 떨리는 목소리로,

"아닙니다. 아니에요."

"그러면 길바닥에서 주웠다는 말이냐?"

"누가 그렇게 큰돈을 빠뜨립니까? 떨어지면 소리는 안 나나요? 어서 도로 주십시오."

거지는 손을 내밀었다. 전장 사람은 웃으면서 "하—오." 하고 던져 주었다.

그는 얼른 집어서 가슴에 품고 황망히 달아난다. 뒤를 흘끔흘끔 돌아다보며 얼마를 허덕이며 달아나더니 별안 간 우뚝 선다. 서서 그 은전이 빠지지나 않았나 만져 보는 것이다. 거친 손가락이 누더기 위로 그 돈을 쥘 때 그는 다시 웃는다. 그리고 또 얼마를 걸어가다가 어떤 골목 으슥한 곳으로 찾아 들어가더니 벽돌담 밑에 쪼그리고 앉아서 돈을 손바닥에 놓고 들여다보고 있었다. 그가 어찌나 열중해 있었는지 내가 가까이 선 줄도 모르는 모양이었다.

"누가 그렇게 많이 도와줍디까?" 하고 나는 물었다. 그러자 그는 내 말소리에 움칠하면서 손을 가슴에 숨겼다. 그러고는 떨리는 다리로 일어나서 달아나려고 했다.

"염려 마십시오. 빼앗아 가지 않소." 하고 나는 그를 안심시키려 하였다. 한참 머뭇거리다가 그는 나를 쳐다보고 이야기를 하였다.

"이것은 훔친 것이 아닙니다. 길에서 얻은 것도 아닙

니다. 누가 저 같은 놈에게 1원짜리를 줍니까? 각전(角
錢) 한 닢을 받아 본 적이 없습니다. 동전 한 닢 주시는
분도 백에 한 분 쉽지 않습니다. 나는 한 푼 한 푼 얻은
돈에서 몇 닢씩 모았습니다. 이렇게 모은 돈 마흔여덟
닢을 각전 닢과 바꾸었습니다. 이러기를 여섯 번을 하여
겨우 이 귀한 '다양(大洋)' 한 푼을 갖게 되었습니다. 이
돈을 얻느라고 여섯 달이 더 걸렸습니다."

그의 뺨에 눈물이 흘렀다. 나는 "왜 그렇게까지 애를
써서 그 돈을 만들었단 말이오? 그 돈으로 무엇을 하려
오?" 하고 물었다.

그는 머뭇거리다가 대답했다.

"이 돈 한 개가 갖고 싶었습니다."

○ 술

"술도 못 먹으면서 무슨 재미로 사시오?" 하는 말을
가끔 듣는다. 그렇기도 하다.

술은 입으로 오고
사랑은 눈으로 오나니
그것이 우리가 늙어 죽기 전에
진리로 알 전부이다.
나는 입에다 잔을 들고
그대 바라보고 한숨 짓노라.

예이츠는 이런 노래를 불렀고, 바이런은 인생의 으뜸
가는 것은 만취(滿醉)라고 하였다. 예로부터 지금까지 이
백(李白)을 위시하여 술을 사랑하고 예찬하지 않은 영웅
호걸, 시인, 묵객이 어디 있으리오. 나는 술을 먹지 못하
나 술을 좋아하지 않는 것은 아니다. 여름날 철철 넘는

맥주잔을 바라다보면 한숨에 들이마시고 싶은 유혹을 느낀다. 차라리 종교적 절제라면 나는 그 죄를 쉽사리 범하였을 것이요, 한때 미국에 있던 거와 같은 금주법이 있다 하더라도 나는 벌금을 각오하고 사랑하는 술을 마셨을 것이다. 그러나 술을 못 먹는 것은 나의 체질 때문이다.

나는 학생 시절에 어떤 카페에서 포도주를 사 본 일이 있다. 주문을 해 놓고는 마실 용기가 나지 않아서 들여다보고만 있었다. 술값을 치르고 나오려니까 여급이 쫓아 나오면서 왜 술을 안 마시고 그냥 가느냐고 물었다. 나는 할말이 없어서 그 술빛을 보느라고 샀던 거라고 하였다.

그 여급은 아연한 듯이 나를 쳐다만 보았다. 그 후 그가 어떤 나의 친구에게 이상한 사람이었다고 내 이야기를 하더라는 말을 들었다.

술을 못 먹는 것은 참으로 안타까운 일이다. 우울할 때 슬픔을 남들과 같이 술잔에 삼켜 마시지도 못하고, 친한 친구를 타향에서 만나도 술 한잔 나누지 못하고 헤어지게 된다.

"피 선생이 한잔할 줄 알면 얼마나 좋을까."

이런 소리를 들을 때면 안타깝기 한이 없다.

내가 술을 먹을 줄 안다면 더 많은 친구를 사귈 수 있었을 것이다. 탁 터놓고 네냐 내냐 할 친구도 있을 것이다. 집에서도 내가 늘 맑은 정신을 갖고 있으므로 집사람은 늘 긴장해서 힘이 든다고 한다. 술 먹는 사람 같으면 술김에 아내의 말을 듣기도 하지만, 나에게 무엇을 사 달래서 안 된다면 그뿐이다. 아내는 자기 딸은 술 못 먹는 사람에게는 절대로 시집 보내지 않는다고 한다. 아이들도 다른 아버지들 같이 술에 취해서 집에 돌아오기를 바란다. 술에 취해서 돌아오면 무엇을 사다 주기도 하고 돈도 마구 주고 어리광도 받아 준다는 것을 알기 때문이다.

본래 소극적인 성질이라도 술에 취하면 평시에 품었던 잠재의식을 발산시키고, 아니 취했더라도, 술잔 들면 취한 체하고 화풀이라도 할 텐데, 그리고 술기운을 빌려 그때나마 내가 잘났다고 생각하며 호탕하게 떠들어 볼 텐데, "문 열어라." 하고 내 집 대문을 박차 보지도 못한다. 가끔 주정 한바탕하고 나면 주말여행한 것같이 기분이 전환될 텐데 딱한 일이다.

술 못 먹는 탓으로 똑똑한 내가 사람 대접 못 받는 때가 있다. 술좌석에서 맨 먼저 한두 번 나에게 술을 권하다가는. 좌중에 취기가 돌면 나의 존재를 무시해 버리고 저희들끼리만 주거니 받거니 떠들어 댄다. 요행 인정 있는 사람이나 끼어 있다면 나에게 사이다나 코카콜라를

한 병 갖다 주라고 한다. 시외 같은 데 단체로 갈 때 준비
하는 사람들은 술은 으레 많이 사도 다른 음료수는 전혀
준비하지 않는 수가 많다. 간 곳이 물이 없는 곳이면 목
멘 것을 참고 밥을 자꾸 씹을 수밖에 없다.

술을 못 먹기 때문에 경제적으로 큰 손해다. 회비제
로 하는 연회라면 그 많은 술에 대하여 억울한 부담을
하게 된다. 공술이면 못 먹고 신세만 진다. 칵테일 파
티에는 색색의 양주 이외에 레몬 주스가 있어 좋다.

남이 권하는 술을 한사코 거절하며 술잔이 내게 돌아
올까 봐 권하지도 않으므로 교제도 할 수 없고 아첨도 할
수 없다. 내가 술을 먹을 줄 안다면 무슨 사업을 해서 큰
돈을 잡았을지도 모른다.

술 때문에 천대를 받은 내가 융숭한 환영을 받는 때가
있다. 그것은 먹을 술이 적거나 한 사람에 한 병씩 배급
이 돌아갈 때다. 일제 말엽에 더욱 그러하였다. 우리 집
아이들도 내가 술을 못 먹는 덕을 볼 때가 있다. 내가 술
못 먹는 줄 아는 제자들이 술 대신 과일이나 과자를 사다
주기 때문이다. 또 내가 술을 못 먹는 줄을 모르고 술을
사 오는 손님이 있으면, 그 술을 이웃 가게에 갖다주고
초콜릿과 바꾸어 먹는 법이 있기 때문이다.

독신으로 지내는 내 친구 하나가 여성들에게 남달리
흥미를 많이 갖는 거와 같이 술에 대하여 유달리 호기심

을 가지고 있다. 찹쌀 막걸리는 물론 거품을 풍기는 비어(맥주), 빨간 포도주, 환희(歡喜) 소리를 내며 터지는 샴페인, 정식 만찬 때 식사 전에 마시는 술, 이런 술들의 종류와 감정법(鑑定法)을 모조리 알고 있다. 술에 관한 책을 사서 공부를 하기 때문이다. 나는 술 자체뿐이 아니라 술 먹는 분위기를 즐긴다. 비 오는 저녁때의 선술집, '삼양(三羊)'이나 '대하(大河)' 같은 고급 요릿집, 눈 오는 밤 뒷골목 오뎅집, 젊은 학생들이 정치, 철학, 예술, 인생, 이런 것들에 대하여 만장의 기염을 토하는 카페, 이런 곳들을 좋아한다. 늙은이들이 새벽에 찾아가는 해장국집도 좋아한다.

지금 생각해도 아까운 것은 20여 년 전 명월관에서 한때 제일 유명하던 기생이 따라 주던 술을 졸렬하게 안 먹은 것이요, 한번 어떤 미국 친구가 자기 서재 장 안에 비장하여 두었던 술병을 열쇠로 열고 꺼내어 권하는 것을 못 받아 먹은 일이다. 내가 이 세상에서 지금까지 먹을 수 있는 술을 안 먹은 것, 앞으로 먹을 수 있는 것을 못 먹고 떠나는 그 분량은 참으로 막대한 것일 것이다. 이 많은 술을 나 대신 다른 사람이 먹는 것인지, 또는 그만큼 생산을 아니하게 되어 국가 경제에 큰 도움이 되는지 궁금할 때가 있다.

솔직히 고백하면, 나는 술에 대하여 완전한 동정(童

貞)은 아니다. 내가 젊었을 때 어떤 여자가 나를 껴안고 내 입을 강제로 벌려 술을 퍼부은 일이 있다. 그 결과 내 가슴에 불이 나서 의사의 왕진을 청하여 오게끔 되었었다. 내가 술에 대하여 이야기를 쓰려면 주호(酒豪) 수주(樹州)의 「명정사십년(酩酊四十年)」보다 더 길게 쓸 수도 있지만, 뉴먼 승정(僧正)이 그의 「신사론」에 말씀하시기를 "신사는 자기 자신에 대하여 너무 많이 이야기하지 않는 법"이라고 하셨기 때문에 더 안 쓰기로 한다. 나는 술과 인생을 한껏 마셔 보지도 못하고 그 빛이나 바라다 보고 기껏 남이 취하는 것을 구경하느라고 살아왔다. 나는 여자를 호사 한번 시켜 보지 못하였다. 길 가는 여자의 황홀한 화장과 찬란한 옷을 구경할 뿐이다. 애써 벌어서 잠시나마 나의 눈을 즐겁게 해 주는 그들의 남자들에게 감사한다. 나는 밤새껏 춤도 못 추어 보았다. 연애에 취해 보지도 못하고 40여 년을 기다리기만 하였다. 그리고 남의 이야기를 써 놓은 책들을 읽느라고 나의 일생의 대부분을 허비하였다.

남이 써 놓은 책을 남에게 해석하는 것이 나의 직업이다. 남의 셋방살이를 하면서 고대광실을 소개하는 복덕방 영감 모양으로 스물다섯에 죽은 키츠의 「엔디미온」이야기를 하며, 그 키츠의 죽음을 조상(弔喪)하는 셸리의 「아도니스」같은 시를 강의하며 술을 못 마시고 살아간다.

순례

　문학은 금싸라기를 고르듯이 선택된 생활 경험의 표현이다. 고도로 압축되어 있어 그 내용의 농도가 진하다.

　짧은 시간에 우리는 시인이나 소설가의 눈을 통하여 인생의 다양한 면을 맛볼 수 있다. 마음의 안정을 잃지 않으면서 침통한 비극을 체험할 수도 있다. 문학은 작가의 인격을 반향한다. 그러므로 우리는 고전을 통하여 숭고한 사람들과 친구가 될 수 있다. 나는 그들의 친구가 되어 주지 못하지만 그들은 언제나 나의 친구다. 같은 높은 생각을 가져 볼 수도 있고 순진한 정서를 같이할 수도 있다. 외우(畏友) 치옹(痴翁)의 말같이 상실했던 자기의 본성을 되찾기도 한다. 고전을 읽는 그 동안만이라도 저속한 현실에서 해탈되어 승화된 감정을 갖게 된다.

　사상이나 표현 기교에는 시대에 따라 변천이 있으나 문학의 본질은 언제나 정(情)이다. 그 속에는 "예전에도 있었고 앞으로도 있을 자연적인 슬픔 상실 고통"

을 달래 주는 연민의 정이 흐르고 있다.

> 가문의 자랑도 권세의 호강도
> 미(美)와 부(富)가 가져다 준 모든 것들이
> 다 같이 피치 못할 시각을 기다리고 있다.
> 영화(榮華)의 길은 무덤으로만 뻗어 있다.

> 대양(大洋)의 어둡고 깊은 동굴은
> 순결하고 맑은 보석을 지니고
> 많은 꽃들이 숨어서 피었다가는
> 그 향기를 황야(荒野) 바람에 날려 버린다.

토머스 그레이의 이「촌락 묘지에서 쓴 만가(輓歌)」는 얼마나 소박한 농부들의 심금을 울리고 얼마나 많은 위안을 주어 왔을까. 영문학 사상 가장 유명한 이 시는 또 얼마나 민주주의 사상을 고취해 왔을까. 어떤 학자의 말같이 같은 언어로 엘레지를 배우면서 자란 영국과 미국의 젊은이들이 1차 세계 대전에서도, 2차 세계 대전에서도 어깨를 나란히 하고 공동의 적과 싸운 것은 지극히 당연한 결과라 하겠다.

어떠한 운명이 오든지

내 가장 슬플 때 나는 느끼나니
사랑을 하고 사랑을 잃은 것은
사랑을 아니한 것보다는 낫습니다.

테니슨이 그의 친구의 죽음을 애도하는 이 시구는 긴
세월을 두고 얼마나 많은 사람의 눈물을 씻어 주었을까.

桐千年老恒藏曲　　오동은 천 년 늙어도 항상 가락을
지니고,
梅一生寒不賣香　　매화는 일생 추워도 향기를 팔지
않는다.

이 2행의 시구는 누구의 것인지 모르지만 많은 선비
에게 긍지와 위안을 주어 왔을 것이다.
문학에 있어서 정의 극치는 아무래도 연정(戀情)이라
하겠다.

다른 이들 나의 임 되어 오다
너 굳은 맹세를 저버림이라
허나 내 죽음을 들여다볼 때
잠의 높은 고개를 올라갈 때
술에 취했을 때

갑자기 너의 얼굴 마주친다.

W. B. 예이츠는 모드 곤에게 배반을 당했다. '유럽의
미인'이란 예찬을 받는 재기발랄하고 용감한 여자였다.
그녀는 오랫동안 예이츠에게 사랑을 주어 오다가 어느
날 갑자기 다른 사람과 결혼하게 되었다는 메시지를 보
내왔다. 다른 사람이란 애란(愛蘭, 아일랜드) 독립운동 투
사인 한 젊은 장교였다. 예이츠가 그 편지의 겉봉을 찢
을 때 그의 생애는 두 토막 났다고 한다.

황진이. 그는 모드 곤보다도 더 멋진 여성이요 탁월한
시인이었다. 나의 구원의 여상이기도 하다. 그는 결코
나를 배반하지 않는다.

동짓달 기나긴 밤을
한 허리를 둘에 내어
춘풍 이불 아래
서리서리 넣었다가
어른님 오시는 날이면
굽이굽이 펴리라

진이는 여기서 시간을 공간화하고 다시 그 공간을 시
간으로 환원시킨다. 구상과 추상이, 유한과 무한이 일

원화되어 있다. 그 정서의 애틋함은 말할 것도 없거니와 그 수법이야말로 셰익스피어의 소네트 154수 중에도 이에 따를 만한 것은 하나도 없다. 아마 어느 문학에도 없을 것이다.

나는 작은 놀라움, 작은 웃음, 작은 기쁨을 위하여 글을 읽는다. 문학은 낯익은 사물에 새로운 매력을 부여하여 나를 풍유(豊裕)하게 하여 준다. 구름과 별을 더 아름답게 보이게 하고 눈, 비, 바람, 가지가지의 자연 현상을 허술하게 놓쳐 버리지 않고 즐길 수 있게 하여 준다. 도연명을 읽은 뒤에 국화를 더 좋아하게 되고 워즈워스의 시를 왼 뒤에 수선화를 더 아끼게 되었다. 운곡(耘谷)의 「눈 맞아 휘어진 대」를 알기에 대나무를 다시 보게 되고, 백화나무를 눈여겨보게 된 것은 시인 프로스트를 안 후부터이다.

바이런의 소네트가 아니라면 쉬옹의 감옥은 큰 의미를 갖지 못했을 것이요, 수십 년 전에 내가 크레인의 시 「다리〔橋〕」를 읽지 않았던들 작년에 본 뉴욕의 브루클린 브리지가 그렇게까지 아름답게 보였을까.

어려서부터 나는 개는 그렇게 좋아해도 고양이는 싫어하였다. 그러던 내가 이장희의 시 「봄은 고양이로소이다」를 읽은 뒤로는 고양이에게 큰 관심을 갖게 되었다.

얼마 전 『신한국문학전집』에서 지용의 「향수(鄕愁)」

를 반갑게 다시 보고 오래 잊었던 향수가 새로워졌다. 재가 식은 질화로와 엷은 졸음에 겨운 늙은 아버지가 돌아 괴시는 짚베개가 그리워졌다. 사실 나는 질화로가 하나 갖고 싶어서 지금 구하고 있는 중이다. "아무렇지도 않고 예쁠 것도 없는 사철 발 벗은 아내"는 밀레의 그림에서 보는 여인상이다.

「향수」에 이어 생각나는 노천명의 「고향」.

언제든 가리라
마지막엔 돌아가리라
목화꽃이 고운 내 고향으로
조밥이 맛있는 내 고향으로
아이들이 하눌타리 따는 길머리엔
학림사(鶴林寺) 가는 달구지가 조을며 지나가고
대낮에 여우가 우는 산골 등잔 밑에서
딸에게 편지 쓰는 어머니도 있어라.

장연(長淵)이 고향인 그는 다시 고향에 돌아가지 못하고 세상을 떠났다. 영혼이 있어 고향에 돌아가도 그리던 고향은 아니리라.

「무도회의 수첩」이라는 영화가 있었다. 아직 미모를 잃지 않은 중년 부인이 그가 처녀 시절에 가졌던 수첩 속

에서 거기에 적혀 있는 이름들을 발견한다. 그가 춤을
약속했던 파트너들, 여인은 그 이름들을 찾아 한가한 여
행을 떠난다. 지금 나는 그런 순례를 한 것이다.

○　비원

　비 오는 오월 어느 날 비원에 갔었다. 아침부터 비가 오고 주말도 아니어서 사람이 없었다. 비원은 서울 한복판에 있으면서 숲이 울창하며 산속 같은 데가 있다.

　빗방울이 얌전히 떨어지는 반도지(半島池) 위에 작고 둥근 무늬가 쉴 새 없이 퍼지고 있었다. 그 푸른 물 위에 모네의 그림 「수련」에서 보는 거와 같은 꽃과 연잎이 평화롭게 떠 있었다. 꾀꼬리 소리가 들린다. 경쾌한 울음이 연달아 들려온다. 꾀꼬리 소리는 나를 어린 시절로 데려갔다.

　서울 출생인 내가 꾀꼬리 소리를 처음 들은 것은 충청도 광시라는 시골에서였다. 내가 서울로 돌아오던 날 아침, '그 아이'는 신작로까지 나와 나를 기다리고 있었다.

　그때 꾀꼬리가 울었다. 그 아이는 나에게 작은 신문지 봉투를 주었다. 그 봉지 속에는 물기 젖은 앵두가 가득 들어 있었다.

돈화문까지 나오다가 꾀꼬리 소리가 한 번 더 듣고 싶어서 나는 반도지 있는 곳으로 되돌아갔다. 기다리기도 전에 저 리리 폰스보다 앳되고 더 명쾌한 꾀꼬리 소리가 들려왔다. 리리 폰스는 두 번 앙코르에 응해 주고는 그 다음에는 절을 몇 번씩 하고 들어가 버리고 말았다. 나의 꾀꼬리는 연달아 울었다. 비는 내리는데 눈에 보이지 않는 노란 꾀꼬리는 계속 울었다.

나는 다시 꾀꼬리 소리를 스무 번이나 더 들었다.

내가 본 무대에 이런 장면이 있었다. 아직 5월이 멀었는데 병든 남편은 뻐꾸기 소리가 듣고 싶다고 한다. 아내는 뒷산에 올라가 뻐꾸기 소리를 낸다. 남편은 그 소리를 들으며 운명한다.

폐를 앓는 젊은 시인 키츠는 한밤중에 우짖는 나이팅 게일 소리를 들으면서 고통 없이 죽는 것은 풍유(豊裕)하리라 하였다.

나는 오월이면 꾀꼬리 소리를 들으러 비원에 가겠다.

비원은 창덕궁의 일부로 임금들의 후원이었다. 그러나 실은 후세에 올 나를 위하여 설계되었던 것인가 한다. 광해군은 눈이 혼탁하여 푸른 나무들이 잘 보이지 않았을 것이요, 새소리도 귀담아 듣지 못하였을 것이다. 숙종같이 어진 임금은 늘 마음이 편치 않아 그 향기로운 풀 냄새를 인식하지 못하였을 거다.

미(美)는 그 진가를 감상하는 사람이 소유한다. 비원
뿐이랴. 유럽의 어느 작은 도시, 분수가 있는 광장, 비둘
기들, 무슨 '애비뉴'라는 고운 이름이 붙은 길, 꽃에 파
묻힌 집들, 그것들은 내가 바라보고 있는 순간 다 나의
것이 된다. 그리고 지금 내 마음 한구석에 간직한 나의
소유물이다.

주인이 1년에 한 번 오거나 하는 별장은 그 고요함을
별장지기가 향유하고, 꾀꼬리 우는 푸른 숲은 산지기 영
감만이 즐기기도 한다. 내가 어쩌다 능참봉을 부러워하
는 것은 이런 연유에서 오는 것이다.

은퇴도 하였으니 시골 가서 새소리나 들으며 살까도
생각하여 본다. 그러나 그게 쉬운 일이 아니다.

꾀꼬리 우는 오월이 아니더라도 아침부터 비가 오는
날이면 나는 우산을 받고 비원에 가겠다. 눈이 오는 아
침에도 가겠다.

비원은 정말 나의 비원이 될 것이다.

1   어떤 학료(學寮)의 '론(lawn)'

승원같이 고요한 옥스포드 대학 한 칼리지의 중정(中庭)에 론이 깔려 있었다. 이 론은 이 칼리지 지도 교사만이 밟을 수 있는 특권을 가지고 있다. 아무도 없는 뜰이었다. 카펫보다 산뜻한 잔디 위를 밟아 보고 싶은 충동을 느꼈다. 나는 어렸을 때 덕수궁 중화전(中和殿) 아래 좌우에 나란히 서 있는 품석(品石) 중 정1품 옆에 서 본 일이 있다. 그러나 이제 학자의 특권을 범하는 것은 죄스러운 것 같아 론을 바라다만 보았다. 수도승같이 칼리지 담 안에서 살며 임금에게도 대출을 허가하지 않는 책들을 향유하며 천하의 영재들을 가르치면서 그 론을 밟을 수 있는 혜택을 나는 부러워하였다. 론은 자유와 한가의 상징이다.

지도 학생 이외에는 아무에게도 마음을 쓰지 않아도

되는 자유와 독서 이외에는 아무 일에도 쫓기지 않는 한
가를 의미한다.

까만 가운에 빨간 카네이션을 달고 하얀 얼굴에 눈이
빛나는 대학생이 지나간다. 그날이 시험일이므로 용기
를 북돋기 위하여 빨간 카네이션을 단 것이다.

잔디 없는 교정에서 나는 '베이리올' 칼리지의 '론'을
생각한다.

2   아름다운 여인상

안기려는 포즈의 여인상. 조각가는 자기의 작품을
포옹하고 있다.

그리스의 이야기를 소재로 한 프랑스 화가의 이 그림
에는 '피그말리온과 그의 조각상'이라는 제목이 붙어 있
었다.

피그말리온의 여인상은 처음부터 포옹의 자세로 제
작한 것은 아니었으리라. 긴 세월을 두고 수시로 오래오
래 안겨 왔기에 자연히 여인의 두 팔은 눈에 띄지 않게
조금씩 조금씩 들리고, 그러다가 어느 순간 갑자기 안으
로 휘어 포옹의 포즈를 하게 되지 않았나 한다.

아마 화가 제롬도 나 같은 상상을 하면서 그 그림을 그

렸을 거다. 차디찬 대리석, 그러나 배반하지 않는 여인.

나는 메트로폴리탄 미술관에서 이 그림의 프린트 한 장을 사려고 하였다. 내 방 위에 붙여 놓고 가끔 바라다보려는 생각이었다. 그런데 그 그림의 프린트는 없었다.

3   낙엽

"나무들 다 가을빛 지니고(樹樹皆秋色)"
"나무들 가을의 아름다운 빛으로 물들고"

하나는 당나라 왕적(王績)의 시구요, 다음은 예이츠의 것이다. 나라와 연대는 서로 멀리 달라도 시심(詩心)은 하나요 간결한 표현 또한 비슷하다. 이들과 같이 나도 단풍을 사랑한다. 그런데 이즘 낙엽이 마음에 더 사무친다.

한 잎, 한 잎, 대여섯 잎, 떨어지다가 바람이 불면, 앞이 잘 아니 보이도록 쏟아져 내리는 낙엽, 누른, 붉은, 갈색진 핼쑥한 잎들이 셸리의 「서풍부(西風賦)」를 연상케 하는 낙엽.

"추풍에 지는 잎 소리야 낸들 어이하리요." 황진이의 한숨 소리가 들린다. 휘날려 다니는 낙엽들이 내 뺨에 부딪친다. 예전 내 얼굴을 스치던 그 머리카락.

이제 기억은 세잔이 즐겨 그리던 그 헐벗은 나무들 같다.

코트 깃을 세우고 발목까지 덮이는 낙엽을 소리내며 11월 오후를 걷는다. 한 마리 새도 없다. 사각사각 소리가 나더니 다람쥐 한 마리가 마른 이파리가 더러 붙은 나무 위로 올라간다. 잇달아 또 한마리가 재빨리 올라간다. 인기척에 놀라서인가. 그저 저희끼리 노는 버릇이겠지. 얼마 아니 있으면 첫눈이 올 것이다.

토요일

예전 내 책상 앞에는 날마다 한 장씩 떼어 버리는 달력이 있었다. 얇은 종잇장이라 금요일이 되면 바로 밑에서 기다리고 있는 파란 토요일이 비친다. 그러면 나는 금요일을 미리 뜯어 버리는 것이었다. 그리고 일요일 오후가 되면 허전함을 느꼈다. 그러나 얼마 안 있어 희망에 찬 토요일은 다시 다가오곤 했다.

토요일이 없었던들 나는 상해에서 4년간이나 기숙사 생활을 못하였을 것이다. 닷새 동안 수도승같이 갇혀 있다가 토요일 오후가 되면, 풀어 준 말같이 시내로 달아났다. 음식점으로 영화관으로 카페로. 일요일 오후 지친 몸이 캠퍼스에 돌아갈 때면 나는 늘 허전함을 느꼈다. 그러나 그 후 나는 토요일을 기다리는 버릇을 못 버리게 되었다.

요사이는 주말을 어떻게 즐기느냐고? 토요일 오후에는 서영이와 같이 아이스크림을 사 먹고 좋은 영화가 있으면 구경을 가기도 한다. 표를 못 사면 집으로 되돌아 온다. 일요일에는 시외로 나가는 때도 있으나, 교통이 끔찍하여 집에서 소설을 읽는다. 그뿐이다. 그러나 한 달에 한 장씩 뜯는 달력에 하루하루 날짜를 지우며 토요 일을 기다린다. 내 이미 늙었으나, 아낌없이 현재를 재 촉하여 미래를 기다린다. 달력을 한 장씩 뜯을 때마다 늙어지면서도 나는 젊어지는 것을 느낀다. 달력에 그려 있는 새로운 그림도 나를 청신하게 한다. 두 달이 한 장 에 실려 있는 달력을 나는 가장 싫어한다. 내가 미국에 있을 때 달력을 한 장 찢어 버리는 것은 제미니 7호를 발 사할 때 카운트다운하는 것과도 같이 스릴이 있었다.

결혼식을 마치고 퇴장하는 신부의 하얀 드레스는 금 방 퇴색이나 된 듯하다. 사실 그 쑥스러운 상견례를 할 때, 그리도 기다렸던 결혼식은 이미 끝난 것이다. 그러 나 허무도 잠깐, 그의 앞에는 새로운 희망이 있다. 행복 할 가정, 태어날 아기, 시간은 사람에게 희망을 주기에 인색하지 않다. 그러기에 언제나 다음 토요일이 있는 것 이다.

12월 25일 오후가 되면 나는 허전해진다. 초순부터 설레던 가슴이 약간 피로를 느낀다. 그러나 그 순간은 벌써 다음 크리스마스 이브를 향하고 있는 것이다. 종착 은 동시에 시발이다. 이 해가 가기 전에 새해가 오는 것이다. 또 한 해의 꽃들이, 또 한 해의 보드랍고 윤기 있는 나뭇잎들이, 또 한 해의 정다운 찻잔, 웃음, 죄없는 얘기가 우리 앞에 있다.

"겨울이 오면 봄이 멀겠는가?" 새해가 오면 나는 주말마다 셀리와 쇼팽을 만나겠다. 쇼팽을 모르고 세상을 떠났더라면 어쩔 뻔했을까! 새해에 나를 찾아올 화려한 파라솔이 안 보이더라도 파란 토요일은 차례차례 오고 있을 것이다.

여린 마음

웃는 얼굴들, 참고 견디고 작은 인정을 유지하려고 애를 쓰고들 산다. 밝은 햇빛 속에 성당에 고해하러 가는 소녀, 무슨 그리 큰 잘못을 했겠는가.

남의 옷만 지어 주고 살아온 여인, 신부 옷을 짓는 게 제일 기쁘다고.

월급날이면 월급이 갑절만 되었으면 하는 여직공, 그때가 되면 물가는 배가 될 텐데.

손가방 속에 아기 기저귀가 들어 있었다. 탕녀같은 그녀가 성녀같이 보였다.

신혼 때 입었던 잠옷을 입어 보고 알아보나 남편의 눈치를 살피는 중년 여인, 아직 싱싱하다.

나를 만나 오랜만에 한국 웃음을 웃어 보았다는 여인, 젊어서 미인이라는 말을 듣던 그는 지금 뉴욕에서 외국인과 함께 살고 있다.

벌레를 한 마리 잡아다가 들여다보며 같이 밤을 새우

는 희극 배우.

장난감 자동차를 모아 놓고 그것들에 정을 붙이고 사는 소아과 의사.

물감을 못 사고 연필로 스케치만 하는 화가는 가끔 양초를 녹여 작은 아기의 얼굴을 만들기도 한다.

유행했던 자기 노래를 듣고 있는 가수.

이제는 던지는 볼이 말을 안 듣는 유명한 투수, 관중은 조용히 보아 주었다.

손님도 웨이터도 다들 돌아간 텅 빈 식당에서 혼자 커피 잔을 들고 있는 주방장.

금요일 밤이면 '한국집'에서 비빔밥을 사 먹고 가수 김상희 흉내를 내며 5번가를 걸어가는 여대생.

"신이여 나를 스물한 살만 되게 하여 주십소서. 그러면 나에게는 그를 설득시켜 볼 여섯 해가 더 있을 것입니다." 그녀는 스물일곱이었다. 얼마 후 그녀는 우연히 그의 손길이 닿았던 긴긴 머리를 아주 잘라 버렸다. 사랑이 무엇인지.

"나에게는 아주 버릴 수 없는 소원이 하나 있습니다. 그와 한번 다시 만날 수 있었으면 하는 것입니다." 이런 편지를 쓴 여인도 있다.

다들 가엾다.

고목에 싹이 트는 것을 들여다보고 있는 노인. 70 평

생을 반은 일본 압제 밑에서 살고 반은 둘로 갈라진 국토
에서 살았다.

자식이 어머니를 사모하듯 나라를 생각해 온 그는 한
스럽고 부끄러운 일이 많다.

정상이 아닌 경우를 제외하고는 우리들은 다들 착하다.

남을 동정할 줄 알고, 남이 잘되기를 바라고, 고생을
하다가 잘사는 것을 보면 기쁘다.

시장 아주머니가 첫아기를 순산했다고 하면 그저 기
쁘고 아들인지 딸인지 물어보고 싶다.

고장 난 비행기가 무사히 착륙했다는 소식을 들으면
그 비행기 안에 아는 사람이 하나 없어도 기뻐한다. 중
동에 휴전이 되었으면 기쁘고, 파나마 조약이 인준되었
대도 기쁘다.

사람은 본시 연한 정으로 만들어 졌다. 이런 연민의
정은 냉혹한 풍자보다 귀하다.

소월도 쇼팽도 센티멘털리스트였다.

우리 모두 여린 마음으로 돌아간다면 인생은 좀 더 행
복할 수 있을 것이다.

초대

이슬 맺힌 거미집을 아침 햇살에 보신 적인 있습니까? 이는 진정 아름다움의 초대입니다. 이 같은 보석은 '티파니'에도 없습니다.

목련은 나를 기쁘게 하려고 몇 달 전 지금부터 새 봉오리를 준비하고 있습니다. 이 또한 아름다움의 초대가 될 것입니다.

다섯 살쯤 된 여자아이가 쪼그리고 앉아 비둘기들에게 과자를 부스러뜨려 주고 있습니다.
아이는 고개를 들어 나를 보고 웃습니다. 미소는 인사입니다. 고운 초대이기도 합니다.

박물관에 있는 이조 백자 항아리 하나는 언제나 마음 놓이는 주인 아주머니같이 나를 반겨 줍니다. 왜 자주 들르지 않았었나 하게 됩니다.

내 책들이 집에서 나 오기를 기다리고 있습니다. 마음을 고요하게 하는 책, 영감을 주는 책, 의분을 느끼게 하는 책, 그저 재미있는 책, 스피노자의 전기는 나를 승화되는 경지로 초대합니다.

그리고 음악이 있습니다. 위버는 나보고도 무도회에 오라고 합니다. 스트라우스는 나를 비엔나 숲속으로 데리고 갑니다.

한밤중 총총한 별들은 저 아득한 성좌(星座) 그리로 나를 초대합니다.

○ 나그네 여름밤의

농림에 베등거리 여름 나그네 가던 길에 하얀 뙤약볕
이 내리 쪼이면 산골짜기 깊은 숲을 찾아듭니다. 입은
옷은 빨아서 양지에 널고 응달진 잔디나 찬바람 도는 물
가 반석에 네 활개 버리고 드러눕습니다.
맑게 흘러가는 시냇물 소리 들립니다.

내 저 내를 닮아서 갈랴네
흐르는 저 물을 좋아서 갈랴네
흰 돌, 바위틈으로 흐르는 물
푸른 언덕 산기슭으로 가는 내
그가 가는 곳마다 녹음이 우거져
시원한 물김이 넘쳐
내 저 내를 따라서 갈랴네
흐르는 저 물을 좋아서 갈랴네

물소리에 사르르 잠이 들면 물을 보는 시원한 꿈을 꿉니다. 수궁(水宮)에 달을 맞아 인어들과 놀이를 하고, 순풍에 흰 돛을 달고 남해 고도(南海孤島)로 잡혀가신 여왕을 찾으러 갑니다. 그러다가 어느덧 내 몸은 파랑새가 되어서 바람 타고 중천에 날아갑니다. 달을 보면 그 달 안으로 하늘 높이 올라도 가고 산호를 물으려 날갯죽지 높은 물결도 갈라 봅니다. 그러다가 별안간 고운 내 짝이 그리워져 나뭇가지에 밤도 와 속 아픈 노래를 부릅니다. 목청이 갈라질 듯 엷은 가슴이 미어질 듯 솟아오르는 내 목소리에 그만 놀라 잠을 깨면 얼굴 위로 늘어진 장송 가지에 두견새 한 마리 소리 높여 여름을 노래합니다.

해가 어느덧 넘어 갔는지 서천에 불그레한 빛조차 어스름 어슴푸레 스러져 가고 흐르는 물소리만 높아 갑니다. 나는 물속에 머리를 들이박고 마음껏 목을 축이노라면 낮잠 잔 얼굴이 제물에 씻겨집니다. 바위에 올라서서 한참이나 달아나는 고기들을 내려다보다가 벌거벗은 것이 생각난 듯이 강정같이 마른 옷을 주워 입고 인가를 찾아 내려옵니다. 끼니를 여위고 남은 강낭죽이나 찬 조밥을 물에 풀어 들이마시고, "잘 계시오." 주인한테 인사한 뒤에 가던 길을 다시 떠나갑니다. 멍석 깔고 화톳불 놓은 농가들을 지나 촌 처녀 그림자 옴죽거리는 우물을 지나 갈밭에서 불어오는 바람을 혼자 즐기며 초승달을 바라보며 걸어가지요. 온종일 땀에 젖어 보지 못한 베옷이 지금에야 소리 없이 내린 이슬에 축축하여집니다. 어디 서인지 잠 못 드는 밤새가 울고 달도 지고 흐릿한 밤길이 외다. 나는 나도 모르게 발을 옮기며 끝없는 생각에 묻혀서 걸어갑니다……

○ 기
　도

　무릎을 꿇고 고요히 앉아 있는 것도 기도입니다. 말로
표현을 하든 아니하든 간절한 소망이 있으면 그것이 기
도입니다. 브루흐의 「콜 니드라이」와 바다르제프스카의
「소녀의 기도」는 음률로 나타낸 기도이고, 엘 그레코의
「산토 도밍고」나 밀레의 「만종」은 색채로 이뤄진 기도
입니다.

　말로 드리는 으뜸가는 기도는 「마태복음」 6장에 있는
'주의 기도'입니다. "저희에게 오늘의 양식(빵)을 주시옵
고……" 하신 말씀은 그의 인간미를 느끼게 합니다. "빵
에 잼을 많이 발라 주세요." 하고 기도하는 프랑스 아이
가 있더랍니다.

　"예수의 이름으로 비옵나이다." 하고 우리는 기도의
끝을 맺습니다. 어찌 "부자가 되게 해 주십시오." 하는
기도를 드릴 수 있겠습니까.

　내가 좋아하는 타고르의 「기탄잘리」의 한 대목이 있

습니다. "저의 기쁨과 슬픔을 수월하게 견딜 수 있는 그 힘을 저에게 주옵소서."

내가 읽은 짧고 감명 깊은 기도가 있으니 "저희를 지혜로운 사람들이 되게 도와주시옵소서."

우
정

등 덩굴 트렐리스 밑에 있는 세사밭. 손을 세사 속에
넣으면 물기가 있어 차가웠다.

왼손에 들어 있는 세사 위를 바른손 손바닥으로 두들
기다가 왼손을 가만히 빼내면 두꺼비 집이 모래 속에 작
은 토굴같이 파진다.

손에 묻은 모래가 내 눈으로 들어갔다. 영이는 제 입
을 내 눈에 갖다 대고 불어 주느라고 애를 썼다. 한참 그
러다가 제 손가락에 묻었던 모래가 내 눈으로 더 들어갔
다. 나는 눈물을 흘리며 울었다. 영이도 울었다. 둘이서
울었다.

어느 날 나는 영이보고 배가 고프면 골치가 아파진다
고 그랬다. "그래 그래." 하고 영이는 반가워하였다. 그
때같이 영이가 좋은 때는 없었다.

우정은 이렇게 시작되는 것이다. 하품을 하면 따라 하
듯이 우정은 오는 것이다.

오랫동안 못 만나게 되면 우정은 소원해진다. 희미한 추억이 되어 버리기도 한다. 나무는 심는 것도 중요하지만 기르는 것이 더욱 어렵고 보람 있다. 친구는 그때그때의 친구도 있을 수 있다. 그러나 정말 좋은 친구는 일생을 두고 사귀는 친구다.

우정의 비극은 이별이 아니다. 죽음도 아니다. 우정의 비극은 불신이다. 서로 믿지 못하는 데서 비극은 온다.

'늙은 어머니가 계셔서 그렇겠지.'

포숙(飽淑)이 관중(管仲)을 이해하였듯이 친구를 믿어야 한다. 믿지도 않고 속지도 않는 사람보다는 믿다가 속는 사람이 더 행복하다.

여성과의 우정은 윤기 있는 위안을 준다. 영민한 여성과의 우정은 다채로운 기쁨을 주고, 순박한 여성과의 우정은 영혼을 승화시켜 준다. 이성 간의 우정은 사상의 변모이거나 결국 사랑으로 끝난다고 하지만 그렇지는 않다. 연정과는 달리 우정은 담백하여 녹섬욕이 숨이 있지 않다. 남녀 간의 우정은 결혼 후에는 유지되기가 매우 어렵다. 그 남편의, 그 아내의 교양 있는 아량이 필요하기 때문이다.

친구는 널리 많이 사귈 수도 있다. 그러나 어떤 한 친구에게 마음을 다 바치는 예도 있다. 백수십 편이나 되는 셰익스피어의 소네트, 밀턴의 장시(長詩) 「리시다

스」, 테니슨이 수년간 걸쳐서 쓴 130편이 넘는「인 메모
리엄」은 모두 한 친구를 위한 우정의 표현이었다.

> 내 처지 부끄러워 헛된 한숨 지어 보고
> 남의 복 시기하여 혼자 슬퍼하다가도
> 너를 문득 생각하면 노고지리 되는고야
> 첫새벽 하늘을 솟는 새, 임금인들 부러우리
>
> **— 셰익스피어,「소네트 29번」**

마음 놓이는 친구가 없는 것같이 불행한 일은 없다.
늙어서는 더욱 그렇다. 나에게는 수십 년간 사귀어 온
친구들이 있다. 그러나 하나 둘 세상을 떠나 그 수가 줄
어 간다. 친구는 나의 일부분이다. 나 자신이 줄어 가고
있다.

나 죽을 때 옆에 있어 주기를 바랐던 친구가 먼저 가
버리기도 하였다. 다행히 지금도 나에게는 일주일에 한
번쯤 만나는 친구 몇 분이 있다. 만나서 즐기는 것은 청
담뿐은 아니다. 늙는 이야기, 자식 이야기, 그런 것들이
다. 때로는 학문의 고답한 경지에 들어가기도 하지만 어
느덧 섹스가 화제가 되어 소리 내어 웃기도 한다.

그때 그 얼굴들. 그 얼굴들은 기쁨이요 흥분이었다. 그 순간 살아 있다는 것은 축복이요 보람이었다. 가슴 아픈 희망이요, 천한 욕심은 없었다. 누구나 정답고 믿음직스러웠다. 누구의 손이나 잡고 싶었다. 얼었던 심장이 녹고 막혔던 혈관이 뚫리는 것 같았다. 같은 피가 흐르고 있었다. 모두 다 '나'가 아니고 '우리'였다.

녹두꽃 향기에
정말 피었나 만져 보고
아, 이름까지 빼앗기고 살던 때
'새야 새야 파랑새야'
눈 비벼 봐도 들리는 노래
눈 비벼 봐도 정녕 들리는 노래
갇혔던 새 아니던들
날으는 마디마디

파란 하늘이 그리 스몄으리

꿈에서라도 이런 꿈을 꾼다면
정녕 기뻐 미칠 터인데
나는 멍 ─ ㅇ하니 서 있고
눈물만이 눈물만이 흘러나린다.

콩코드 찬가

1837년 7월 4일

전쟁 기념비 건립식에

랠프 월도 에머슨

냇물 위로 휘어진 거친 다리 옆에
그들의 깃발은 4월 미풍에 날리었다
여기 예전에 농부들이 진을 치고
그들이 쏜 총소리는 온 세계에 울리었다

적(敵)은 그 후 오래 고요히 자고 있다
승리자도 고요히 자고 있다.
그리고 세월은 낡아 무너진 그 다리를
바다로 가는 어두운 물결에 쓸어 버렸다.

이 푸른 언덕 위 고요한 시냇가에
오늘 우리들은 기념비를 세운다.

선조들과 같이 우리 자손도 간 뒤에
기념이 그 공적에 보답할 수 있도록

그 용사들로 하여금 감히 죽게 하시고
그들의 자손이 자유를 누리도록 하신 신이여
세월과 자연에게 길이 아끼라 하옵소서
그들과 당신에게 드리는 이 비석을

보스톤 근처에 있는 콩코드(Concord)라는 고요한 읍
은 미국 독립 전쟁의 발상지다. '콩코드강'을 사이에 두
고 격전이 일어났었다. 여기 하늘을 가리키고 서 있는
뾰족한 기념비는 미국과 독립과 자유의 상징이다. 그리
고 에머슨의 「콩코드 찬가」는 숭고한 애국 충정의 표현
이다. 이 시에서 우리는 자유의 존엄성을 체험한다. 그
리고 여기에는 적에 대한 적개심은 조금도 없고 오히려
동정이 깃들어 있다.

또한 감격하게 하는 것은 그 기념비 가까이 놓여 있는
영국 병사들을 위한 조그마한 비석이다. 여기에도 미국
국민의 아량과 인정미가 흐르고 있다. 작은 그 비석에는
다음과 같은 말이 씌어 있다.

영국 병사의 무덤

그들은 3000마일을 와 여기서 죽었다.
과거를 옥좌 위에 보존하기 위하여
대서양 건너 아니 들리는
그들의 영국 어머니의 통곡 소리

콩코드 기념비 옆을 흐르는 시내 위에 아치형의 다리가 놓여 있다. 이 다리는 1954년 내가 처음 가 봤을 때에는 시멘트 콘크리트로 되어 있었다. 어떤 미국 친구보고, 견고하기는 하지만 고적(古跡) 맛이 아니라서 유감이라고 하였다. 20여 년 후 작년에 가 보니 그 다리가 참나무로 고쳐 놓여 있었다. 내 말을 듣고 그렇게 하지는 않았겠지만 참 다행한 일이다.

이 '올드 노스 브리지' 건너에는 '미니트 맨(Minute Man)'의 동상이 서 있고 받침대에는 「콩코드 찬가」의 I 절이 새겨져 있다. '미니트 맨'은 미국 독립 전쟁 당시 소집 나팔에 즉각 응했던 민병을 가리키는 칭호였다. 미국은 이들 '미니트 맨'의 용기와 희생으로 자유로운 민주 국가로 독립하였던 것이다.

시집가는 친구 딸에게

너의 결혼을 축하한다. 아름다운 사랑에서 시작된 결혼이기에 더욱 축하한다. 중매결혼을 아니 시키고 찬란한 기적이 나타날 때를 기다려 온 너의 아버지에게 경의를 표한다.

예식장에 너를 데리고 들어가는 너의 아버지는 기쁘면서도 한편 가슴이 빈 것 같으시리라. 눈에는 눈물이 어리고 다리가 휘청거리시리라. 시집보내는 것을 여읜다고도 한다. 왜 여읜다고 하는지 너의 아빠는 체험으로 알게 되시리라.

네가 살던 집은 예전 같지 않고 너와 함께 모든 젊음이 거기에서 사라지리라.

너의 아버지는 네 방에 들어가 너의 책, 너의 그림들, 너의 인형을 물끄러미 바라보시리라. 네가 쓰던 책상을 가만히 만져 보시리라. 네 꽃병의 물을 갈아 주시려고 파란 꽃병을 들고 나오시리라.

사돈집은 멀수록 좋다는 말이 있다. 친정집은 국그릇의 국이 식지 않는 거리에 있어야 좋다고 한다.

너는 시집살이 잠깐 하다 따로 나와 네 살림을 하게 된다니 너의 아버지 집 가까운 데서 살도록 하여라.

얼마 전에 나는 무심코 말실수를 한 일이 있다. 첫나들이 나온 예전 제자가 시부모가 아니 계시다기에 "거참 좋겠다."라고 하였다. 그 옆에는 그의 남편이 있었다. 다행히 웃고 있었다.

시부모님을 너무 어렵게 생각하지 마라. 너의 남편의 부모니 정성껏 받들면 된다. 며느리는 아들의 배필이요, 장래 태어날 손자들의 엄마가 될 사람이니 시부모님께서는 너를 아끼고 소중히 여기실 거다. 네가 잘하면 대견히 여기시고 끔찍이 사랑하여 주실 거다. 너 하기에 달렸다.

결혼 후 남편이 친구들과 멀어지는 때가 있다고 한다. 너 같은 아내는 남편과 친구들 사이를 더 가깝게 만들 줄 믿는다. 옛날 가난한 선비 집에 친구가 찾아오면 착한 아내는 말없이 나가 외상으로라도 술을 받아 왔다고 한다.

너희는 친구 대접할 여유는 있으니 네가 주부 노릇만 잘하면 되겠다. 주말이면 너희 집에는 친구들이 모여 차를 마시며 밤늦도록 이야기를 나눌 것이다. 남편의 친구가 너의 친구도 되고, 너의 친구가 그의 남편과 같이 오기도 하고……

부부는 일신이라지만 두 사람은 아무래도 상대적이다. 아버지와 달라 무조건 사랑을 기대할 수는 없다. 그리고 아무리 사랑하는 사이라도 언제나 마음을 같이할 수는 없다. 제 마음도 제가 어찌할 수 없을 때가 있는데 개성이 다른 두 사람이 한결같을 수야 있겠니? 의견이 다를 수도 있고 기분이 맞지 않을 수도 작은 비밀이 있을 수도 있다.

자존심 강한 너는 남편의 편지를 엿보지는 않을 것이다. 석연치 않은 일이 있으면 오해가 커지기 전에 털어놓는 것이 좋다. 집에 들어온 남편의 안색이 좋지 않거든 따뜻하게 대하여라. 남편은 아내의 말 한마디에 굳어지기도 하고 풀어지기도 하는 법이다.

같이 살아가노라면 싸우게도 된다. 언젠가 나 아는 분이 어떤 여인 보고, "그렇게 싸울 바에야 무엇하러 같이 살아 헤어지지." 그랬더니 대답이 "살려니까 싸우지요. 헤어지려면 왜 싸워요." 하더란다.

그러나 아무리 사랑 싸움이라도 잦아서는 나쁘다. 그저 참는 게 좋다.

아내. 이 세상에 아내라는 말같이 정답고 마음이 놓이고 아늑하고 평화로운 이름이 있겠는가. 1000년 전 영국에서는 아내를 '피스 위버(Peace-weaver)'라고 불렀다. 평화를 짜 나가는 사람이란 말이다.

행복한 가정은 노력으로 이루어진다. 결혼 행로에 파란 신호등만이 나올 것을 기대할 수는 없다. 어려움이 있으면 참고 견디어야 하고, 같이 견디기에 서로 애처롭게 여기게 되고 더 미더워지기도 한다. 역경이 있을 때 남편에게는 아내가, 아내에게는 남편이 더 소중하게 느껴진다. 같이 극복해 온 과거, 옛이야기하며 잘산다는 말이 있지.

결혼 생활은 작은 이야기들이 계속되는 긴긴 대화다. 고답할 것도 없고 심오할 것도 없는 그런 이야기들…….

부부는 서로 매력을 잃어서는 아니 된다. 지성인이 매력을 유지하는 길은 정서를 퇴색시키지 않고 늘 새로운 지식을 탐구하여 인격의 도야를 늦추지 않는 데 있다고 생각한다.

세월은 충실히 살아온 사람에게 보람을 갖다주는 데 그리 인색지 않다.

너희 집에서는 여섯 살 영이가 「백설 공주」 이야기를 읽고 있을 것이다. 할아버지는,

"고거, 에미 어려서와 꼭 같구나." 그러시리라.

유머의 기능

유머는 위트와 달리 날카롭지 않으며 풍자처럼 잔인하지 않다. 비평적이 아니고 동정적이다. 불꽃을 튀기지도 않고 가시가 들어 있지도 않다.

유머는 따스한 웃음을 웃게 한다. 유머는 웃음거리나 익살은 아니며 야비하지 않다. 유머에 악취미란 있을 수 없다. 위트는 남을 보고 웃지만 유머는 남과 같이 웃는다. 서로 같이 웃을 때 우리는 친근감을 갖게 된다. 유머는 다정하고 온화하며 지친 마음에 위안을 준다. 유머는 가엾은 인간의 행동을 눈물 어린 눈으로 바라볼 때 얻어지는 것이다. 그러므로 유머에는 애수가 깃드는 때도 있다.

긴장, 초조, 냉혹, 잔인. 현대인은 불행하다. 메커니즘이 발달한 국가에서는 정신 병원이 날로 늘어 가고 있다. 현대 문학은 어둡고 병적인 면을 강조하여 묘사한 것이 너무 많다. 유머 풍부한 작품들이 우리에게 웃음을 주는 동시에 '센스 오브 유머'를 터득하게 한다면 좀 더 밝은 생활을 기대할 수 있을 것이다. 유머는 인간에게 주어진 혜택의 하나다.

문화재 보존

뉴욕 현대 미술관 유리 진열장 안에 있는 작고 이쁜 소년의 조각상, 그것은 왁스로 되어 있었다. 이탈리아 조각가 로소(Medardo Rosso, 1858~1928)는 색채의 효과를 위하여 청동 캐스팅〔鑄造〕을 하지 아니하고 왁스 그대로 남기고 세상을 떠났다고 한다. 미술관에서는 왁스가 녹을까 봐 유리창 안의 온도를 일정하게 조절하고 있었다.

그럼에도 불구하고 청동 캐스팅을 하지 않은 것은 혹시나 작품에 손상이 갈까 염려도 되려니와 작품 그대로를 남겨 두려는 정성스러운 의도이리라.

다른 이야기로 미국 동북방 매사추세츠주 콩코드에는 에머슨의 시로 유명해진 작은 나무 다리가 있다. 이 다리는 한때 콘크리트로 개조되었다가 그 후 나무 다리로 다시 원상을 되찾았다. 다행한 일이다.

미술품이나 역사적 유물은 오래 간직하는 것도 중요

하지만 어떻게 보존하느냐가 더욱 큰 문제다. 경주를 가
보고 마음 아파한 것이 어찌 나쁘랴. 정말 너무했다.

송년

　'또 한 해가 가는구나.' 세월이 빨라서가 아니라 인생이 유한하여 이런 말을 하게 된다. 새색시가 김장 30번만 담그면 늙고 마는 인생. 우리가 언제까지나 살 수 있다면 시간의 흐름은 그다지 애석하게 여겨지지 않을 것이다. 그러기에 세모(歲暮)의 정(情)은 늙어 가는 사람이 더 느끼게 된다. 남은 햇수가 적어질수록 1년은 더 빠른 것이다.

　나는 반세기를 헛되이 보내었다. 그것도 호탕하게 낭비하지도 못하고, 하루하루를, 일주일 일주일을, 한 해 한 해를 젖은 짚단을 태우듯 살았다. 민족과 사회를 위하여 보람 있는 일도 하지 못하고, 불의와 부정에 항거하여 보지도 못했고, 그렇다고 학구에 충실하지도 못했다. 가끔 한숨을 쉬면서 뒷골목을 걸어오며 늙었다.

　시인 브라우닝이 「베네세라 선생」*이란 시에서 읊은 것과는 달리, 나는 노경(老境)이 인생의 정상(頂上)이라고는 생각하지 아니한다. 그렇다고 시인 예이츠와 같이 사람이 늙으면 허수아비라고도 생각하지 않는다.

"인생은 40부터"라는 말을 고쳐서 "인생은 40까지"라고 하여 어떤 여인의 가슴을 아프게 한 일이 있다. 지금 생각해 보면 인생은 40부터도 아니요 40까지도 아니다. 어느 나이고 다 살 만하다.

백발이 검은 머리만은 못하지만, 물을 들여야 할 이유는 없다. 오히려 온아한 데가 있어 좋다. 때로는 위풍과 품위가 있기까지도 하다. 젊게 보이려고 애쓰는 것이 천하고 추한 것이다. 젊어, 정열에다 몸과 마음을 태우는 것과 같이 좋은 게 있으리오마는 애욕, 번뇌, 실망에서 해탈되는 것도 적지 않은 축복이다. 기쁨과 슬픔을 많이 겪은 뒤에 맑고 침착한 눈으로 인생을 관조하는 것도 좋은 일이다. 여기에 회상이니 추억이니 하는 것을 계산에 넣으면 늙음도 괜찮다. 그리고 오래오래 살면서 신문에서 가지가지의 신기하고 해괴한 일을 보는 것도 재미있다. 그러므로 나는 '일입청산만사휴(一入靑山萬事休)'라는 글귀를 싫어한다.

"할아버지" 하고 나를 부르는 소리를 처음 듣고 나는 가슴이 선뜻해졌다. 그러나 금방 자연에 순응하는 미소

°　　　로버트 브라우닝의 시 「랍비 벤 에즈라(Rabbi Ben Ezra)」.

를 띠었다. 나는 어려서 '할아버지'라는 사람의 종류가 따로 있는 줄 알았었다. 며칠 전 그 아이에게도 내가 그렇게 보였을 것이다.

'그랜드 올드 맨'이란 말이 있다. 나는 '노대가(老大家)'는 못 되더라도 '졸리 올드 맨(好好翁)'이 되겠다. 새해에는 잠을 못 자더라도 커피를 마시고 파이프 담배를 피우고 술도 마시도록 노력하겠다. 눈 오는 날, 비 오시는 날, 돌아다니기 위하여 털신을 사겠다. 금년에 가려다가 못 간 설악산도 가고, 서귀포도 가고, 내장사 단풍도 꼭 보러 가겠다.

이웃에 사는 명호를 데려다가 구슬치기를 하겠다. 한 젊은 여인의 애인이 되는 것만은 못하더라도 아이들의 할아버지가 되는 것도 좋은 일이다. 무엇보다도 이야기하는 데 힘이 들지 않아 좋다. 하기야 지금은 젊은 여자에게 이야기하기도 편해졌다. 설사 말이 탈선을 하더라도 늙은이의 주책으로 들릴 것이다. 저편에서도 마음 놓고 나를 사귈 수 있게 되었다. 가령 "선생님 뵙고 싶은 때가 많습니다." 하는 편지가 자유롭게 우리 집 주소로 날아오기도 한다.

올해가 간다 하더라도 나는 그다지 슬퍼할 것은 없다. 나의 주치의의 말에 의하면, 내 병은 자기와 술 한잔 마시면 금방 나을 것이라고 하니, 그와 적조하게 지내지 않는 한 나는 건강은 유지할 수 있을 것이다. 그리고 무엇보다도 조춘 같은 서영이가 시집갈 때까지 몇 해 더 아빠의 마음을 푸르게 할 것이다.

만 년 晚年

어려서 잃었으나 기억할 수 있는 엄마 아빠가 계시고 멀리 있어도 자주 편지를 해 주는 아들딸이 있고 지금까지 한결같이 지내 온 몇몇 친구가 있다. 그리고 아직도 쫓아와 반기는 제자들이 있다.

학문하는 사람들이 찾아오면 비록 오막살이라도 누추하지 않다는 옛글이 있다. 늙은 아내 탓을 하지만 기름 때는 아파트로 이사 온 것은 분에 넘치는 노릇이다. 그리고 긴긴 시간을 혼자서 가질 수 있는 사치가 있다. 젊어서 읽었던 「좁은 문」 같은 소설을 다시 읽어도 보고 오래된 전축으로 쇼팽을 듣기도 한다. 그리고 그 기쁨을 누릴 수 있는 마음의 평온을 송구스럽게 여기지도 않는다.

하늘에 별을 쳐다볼 때 내세가 있었으면 해 보기도 한다. 신기한 것, 아름다운 것을 볼 때 살아 있다는 사실을 다행으로 생각해 본다. 그리고 훗날 내 글을 읽는 사람이 있어 '사랑을 하고 갔구나.' 하고 한숨지어 주기를 바라기도 한다. 나는 참 염치없는 사람이다.

『인연』과의 인연
- 피천득 선생님께

박준(시인)

　얼굴에 큰 점이 있는 사람이 있습니다. 이 사람은 자신의 얼굴에 난 점을 마뜩잖아 합니다. 어느 날 한 화가가 그에게서 초상화를 그려 달라는 부탁을 받았습니다. 화가는 어떻게 해야 할까요. 가장 쉬운 일은 점을 그리지 않는 것일 테고 그다음으로 쉬운 방법은 있는 그대로 점을 그리는 것이 될 것입니다. 얼굴을 아주 작게 두어 굳이 점까지 그리지 않아도 되는 구도도 생각해 보았으나 이것을 초상화라 할 수는 없을 것입니다. 이런 재기는 어느 누구에게도 반가운 것이 아니겠지요.

　둘러 적었지만 사실 이 화가의 고민은 곧 저에 관한 것입니다. 세상을 살아가는 사람들에게 저마다 상처들이 점처럼 찍혀 있고 물론 저에게도 숨겨지지 않는 큰 점 같은 상처가 있을 것입니다. 이때의 글은 사람의 상처와 얼마나 마주해야 할까요. 아니 꼭 글을 쓰지 않더라도 말을 뱉거나 생각을 할 때 우리는 자신과 타인의 상처를 어떻게 직면하거나 외면해야 할까요. 조선 땅에서 태어나 한국의 근현대사를 지나온 선생님께서는 이런 질문을 더욱 자주 가지셨을 것이라 생각합니다. 그리고 해법을 이미 알고 계셨다고도 생각합니다.

『인연』만 보아도 그렇습니다. 시작은 분명 외로움이나 슬픔인데 아무도 외롭지 않게 그리고 아무도 슬프지 않게 하는 것으로 끝이 납니다. 선생님 특유의 천진과 소박은 그 여정에서 줄곧 가장 큰 빛을 내고 있고요. 아마 선생님이 화가였다면 그의 옆으로 가서 초상을 그리셨을 것입니다. 점이 보이지 않는 옆모습을 그린다고 해서 소홀히 하거나 왜곡이 되는 것은 아니니까요. 옆모습을 그리고 있노라면 어느새 바람도 불어와 그의 머리칼을 부드럽게 휘날려 줄 것입니다. 혹은 선생님이시라면 별이 많은 밤, 바닥에 누워 그의 얼굴을 올려다보며 그림을 그리셨을 수도 있습니다. 밤과 숱한 별을 담고 얼굴과 점도 함께 그려 냈을 것입니다. 그러면 별이 집 같고, 점은 별처럼 보일 테지요.

저도 어려서 광대와 눈 사이에 점이 있었습니다. 돌출된 것은 아니지만 갈색의 넓은 점이었습니다. 저의 누나는 그 점이 꼭 바둑이 강아지를 닮았다고 해서 바둑이 점이라는 이름을 붙여 주었습니다. 점이 이름을 가진다니, 마치 선생님께서 따님인 '서영'님에게 선물하신 인형을 '난영'이라 부르는 것과도 비슷하지요. 나이가 들수록 바둑이점은 점점 넓어졌습니다. 몸이 자라고 얼굴이 커지면서 생기는 당연한 일이었습니다. 그 점이 눈썹 정도까지 옮겨 왔을 때 저는 처음 『인연』을 읽었습니다. 열세 살쯤 되었던 때일 것입니다. 덕분에 '오월'을 좋아했고 '찬물로 세수를' 자주 했습니다. 언제인가 꼭 비원에 가 보아야겠다는 다짐을 했고 선생님처럼 이른 나이에 엄마를 잃은 아버지의 유년 이야기를 지겨워하는 내색 없이 잘 듣기도 했습니다. 그리고 수필을 쓰고 싶다는 생각도 했습니다. 그리고 저는 오늘 다시 『인연』을 읽습니다. 읽으면서 선생님을 따라서 해야겠다는 생각을 새로 했습니다. 누가 저를 떠날 것 같으면 "나를 버리고 달아나면 어쩌느냐고" 물을 것입니다. 그리고 그에게 "세 번이나 고개를 흔들"어 달라고 부탁할 것입니다. "영영 가 버릴 것을" 알면서도요.

지금 제 얼굴에는 당시 있던 점이 보이지 않습니다. 점이 갈수록 넓어지고 색이 연해지면서 피부와 크게 다르지 않게 된 것입니다. 바둑이점은 그렇게 사라졌습니다. 이 슬프지 않은 일을 선생님께서 함께 슬퍼해 주셨으면 좋겠습니다.

생활이 곧 수필 같았던 선생님

박완서〈소설가〉

　선생님 생전에도 그러했지만 돌아가신 후에도 나는 선생님이 나를 특별히 좋아하셨다고 믿는다. 아닐지도 모르지만 그렇게 생각하면 기분이 좋아진다. 나는 박애보다도 편애를 좋아하는데 아마 선생님도 그러실걸, 내 멋대로 생각하고 즐거워하고 있다.

　글을 통해 아는 것 말고, 선생님을 알고 지낸 게 언제부터였는지는 잘 생각나지 않는다. 무슨 모임 같은 데서 아는 체해 주시면 고맙고 눈도장도 찍지 못하였다고 해도 서운할 것도 없는 어려운 분이셨다. 그러다 뜻밖에 선생님의 초대를 받게 되었는데 밖에서도 아니고 선생님 댁에서 저녁인지 점심인지 먹자고 하셨다. 그러니까 그때가 내가 아들을 잃고 두문불출 대인기피증을 극복 못 할 때였다. 나를 위로한답시고 누가 불러내는 건 질색이었는데 선생님의 초대엔 기꺼이 응했다. 상투적인 위로를 하실 분이 아니라는 걸 알았기 때문이었다. 그래도 연로하신 사모님이 손님 대접에 신경 쓰실 생각을 하면 사양해야 옳지 않을까 싶었지만 안 그랬다. 음식을 많이 차려 손님을 불편하게 할 분이 아니라는 믿음 같은 게 있었다. 내 예상이 맞았다. 김치하고 물만두가 전부였는데 댁에서 빚은 만두가 아니라 시장에서 파는, 도투락이던가 하는 냉동 만두를 삶은 거였다. 젊었을 때는 빼어난 미인이었을 것 같은 곱고 품격 있는 부인에게 최소한의 폐만 끼칠 수 있어서 마음이 놓이고 앉은 자리가 편안해졌다. 내가 술을 좀 한다는 걸 어떻게 아셨는지 최고급 양주를 내 오셨다. 당신은 술 마시는 분위기를 좋아할 뿐 한 방울도 못 한다고 하셨다. 밖도 아니고 댁인데 조금 취하신들 상관있으랴 싶어 권해 봤더니 젊었을 적에 강권에 못 이겨 입에 대기만 했는데 그 자리에서 정신을 잃은 적이 있다는 이야기를 하셨다. 더는 권하지 않았다.

알코올 분해 능력이 뛰어난 여자와 알코올 분해 능력이 제로인 선생님과의 기묘한 술자리는 의외로 편안해서 나는 홀짝홀짝 마냥 마셨나 보다. 그동안에 선생님은 위로의 말씀 같은 건 한마디도 안 하셨지만 거나한 취기에 잘 동조해 주셨다. 양주를 혼자서 반병쯤 비웠을 때 양주병을 뺐고 상을 내 가시더니 집 구경을 시켜 주셨다. 불필요한 겉치레가 아무것도 없는 썰렁한 집이었다.

서재만 아기자기했지만 서재라 부르기엔 책이 너무 없었다. 잉그리드 버그만의 사진, 따님의 이름으로 부른다는 서양 인형, 오디오 기기 등 그런 것들과 책장이 차지한 공간은 넓지 않은 방의 벽면 반쯤밖에 안 됐던 것 같았다. 당신에게 영향을 끼친, 지금도 가끔 꺼내 보고 싶은 최소한의 책만 소장한다고 하셨다. 선생님의 현명한 용기에 부러웠다.

선생님은 나더러 당신의 책 중 아무거나 내가 좋아하는 구절을 읽어 달라고 하셨다. 선생님은 술도 안 취했는데 아기처럼 구셨다. 나는 선생님의 수필집 『산호와 진주』의 서문을 읽어 드렸다. 그 후부터 선생님과 나는 한층 가까워진 것처럼 느꼈지만 순전히 내 느낌일 뿐 선생님은 한결같으셨다. 너무 소원하거나 너무 무람하지 않을 정도의 친분을 유지해 왔다.

선생님이 돌아가신 후 모 텔레비전 방송국에서 선생님 추모 방송을 만들면서 나한테까지 인터뷰하러 왔다. 이런저런 선생님 문학에 대한 생각, 특별히 기억나는 에피소드 등, 내가 말해야 할 것들을 미리 일러 주었다. 그러면서 선생님의 수필 중 평소에 좋아하던 게 있으면 그걸 읽으면 어떻겠느냐고 해서 나는 쾌히 승낙했다. 『산호와 진주』를 읽고 싶어서였다.

그걸 읽겠노라고 미리 통고까지 해 놓았는데 그 책을

찾을 수가 없었다. 꼭 필요한 한 권의 책을 찾을 수 없는데 이 많은 책이 무슨 소용이란 말인가. 나는 내 수천 권의 책이 천박한 노욕만 같아서 혐오스러웠고, 선생님의 간결한 서가가 그립고 부러웠다. 결국 방송국에서 그 책을 마련해 와서 읽을 수가 있었다. 읽다가 좀 더듬었던가? 방송이 나갈 때 보니 첫 두어 줄만 내 목소리이고 나머지는 유명 성우의 목소리로 바꿔치기가 되어 있었다. 성우처럼 매끄럽지는 못해도 선생님에게 내 목소리를 들려드리고 싶었는데……

선생님은 다작은 아니었고 말년에는 거의 쓰지 않으셨다. 그럼에도 불구하고 나는 선생님이 돌아가실 때까지 현역 수필가였다고 기억한다. 선생님의 생활이 수필처럼 담백하고 무욕하고 깨끗하고 마음 가는 대로 자유롭게 사셨기 때문일 것이다. 선생님의 천국 또한 그러하리라 믿는다.

2009년 4월

사랑하는
아빠에게

피수영

세월이 빨라 아버지 돌아가신 지가 벌써 1년이 되었습니다. 새싹들이 돋아나고 꽃들이 만발하는 오월, 그 오월을 그토록 사랑하셨던 아버지. 아버지가 안 계신 지난 1년은 저에겐 정말 쓸쓸한 1년이었습니다. 앞으로도 그렇게 쓸쓸하겠지만, 남과 다르게 아버지가 돌아가신 후 제가 더 외로움을 느끼는 것은 아버지는 나의 아빠이자 가장 친한, 서로가 비밀이 없는 그런 친구였기 때문입니다.

이제는 재미있는 이야기가 있어도 같이 있아 떠들고 웃을 수도 없고, 또 의논할 일이 있어도 의논할 수도 없게 되었습니다. 아버지가 사시던 반포에 가면 모든 게 1년 전 그대로 있고 1년이 지난 지금도 아빠의 체취를 느낄 수 있지만 제가 가면 "어서 오십시오." 하던 아빠는 어디에도 안 계십니다. 그저 웃고 있는 아빠의 사진만이 저를 반가이 맞이합니다. 아버지의 글을 읽는 모든 분들은 피 선생님이 딸만 있고 딸만을 사랑하고 아들이 없는 줄 아는 분들이 많지만 피 선생님은 캐나다에도 아들이 있고 서울에도 아들이 있습니다. 그저 피 선생님 글에 아들의 이야기가 없다는 것뿐입니다. 물론 딸을 지극히 사랑한 건 사실이지만, 몇 년 전 모 방송국 인터뷰에서 너무 딸만 사랑했던 것을 후회한다는 말씀을 하신 적이 있었습니다. 그 인터뷰 자리에 제가 있어서 그랬는지 모르겠지만 후회하지 않으셔도 되었는데. 아버지는 여인들을 아끼고 사랑하셨습니다.

특히 순박하고 예쁜 여인들, 그중에서도 말이 통하는 여인들과 차를 마시며(술을 못하시니까), 문학을 이야기하고 농담을 하며 시간을 보내는 것을 즐겨 하셨습니다. 그리고 그 여인들이 돌아갈 땐, 꼭 모범택시를 불러 택시값까지 내어 주시는 분이셨습니다. 그러나 싫어하시던 여인들도 있었습니다. 잘난 체하며 거만을 떠는 여인들이었습니다.

오래전 아버지와 둘이서 파리를 방문한 적이 있었는데 루브르 박물관을 관람하고 나와 지친 아빠에게 제가 개선문까지 걷자고 했더니 그 길을 반쯤 걸어가시다가 아빠가 하시는 말, "수영아, 이 길이 천당을 가는 길이라도 더 이상은 못 가겠다." 하시어 노천카페에 앉아 차를 마시며 파리의 야경을 즐기는 여유를 가진 적이 있었습니다. 천당에 가는 길이 그렇게 힘들어도 나의 착한 아빠는 지금 천당에 무사히 도착하여 모든 고통과 걱정 없이 그토록 그리워하던 사랑하던 당신의 엄마를 만나 편안히 지내시리라 믿습니다.

— 아빠의 1주기를 맞으며 사랑하는 아들 수영

1910년	5월 29일(음력 4월 21일) 출생
1916년	7세 때 아버지를 여읨
1919년	10세 때 어머니를 여읨. 서울 제일고보 부속초등학교 입학
1923년	같은 학교 4년 수료. 서울 제일고보에 입학
1926년	상해로 유학. Thomas Hanbury Public School에서 수학
1929년	상해 호강대학교(University of Shanghai) 예과(豫科) 입학
1930년	《신동아》에 시 「서정소곡」, 「소곡」, 「파이프」 등을 발표
1931년	호강대학교 영문학과 진학
1934년	학창(學窓)을 떠나 수차 귀국. 금강산 등지에 체류
1937년	호강대학교 영문학과 졸업. 서울 중앙상

업학원 교원

1945년	경성대학교 예과 교수(1946년까지)
1947년	『서정시집(抒情詩集)』 출간
1951년	서울대학교 사범대학 교수
1954년	하버드대학교에서 연구(1955년까지)
1960년	『금아시문선(琴兒詩文選)』 출간
1963년	서울대학교 대학원 영어영문학과 주임 교수(1968년까지)
1969년	『산호와 진주』 출간 영문판 *A Flute Player*를 냄.
1974년	서울대학교 교수 퇴직, 미국 여행
1976년	수필집 『수필』, 역서 셰익스피어의 『소네트 시집』 출간
1980년	『금아문선(琴兒文選)』, 『금아시선(琴兒詩選)』 출간
1991년	대한민국 문화예술상 은관문화훈장 수상
1993년	시집 『생명』, 『삶의 노래 — 내가 사랑한 시·내가 사랑한 시인』 출간
1996년	수필집 『인연』, 역서 셰익스피어의 『소네트 시집』 출간
1999년	제9회 자랑스러운 서울대인상
2001년	영문판 시, 수필집 *A Skylark* 출간

2003년	『산호와 진주와 금아』 출간
2006년	『인연』 러시아어판 (모스크바대 한국학 센터) 출간
2007년	5월 25일, 향년 98세로 타계

인연
피천득 수필집

1판 1쇄 펴냄   2018년 5월 18일
1판 21쇄 펴냄   2024년 10월 22일

지은이   피천득
발행인   박근섭 · 박상준
펴낸곳   (주)민음사

출판등록   1966. 5. 19. 제16-490호
주소   서울시 강남구 도산대로1길 62(신사동)
            강남출판문화센터 5층(06027)
대표전화   02-515-2000 │ 팩시밀리 02-515-2007
홈페이지   www.minumsa.com

ISBN 978-89-374-3749-6 (03810)